文春文庫

散《さん》華《げ》ノ刻《とき》

居眠り磐音（四十一）決定版

佐伯泰英

目次

「居眠り磐音」

主な登場人物

坂崎磐音《さかざきいわね》

元豊後関前藩士の浪人。直心影流の達人。師である養父・佐々木玲圓の死後、江戸郊外の小梅村に尚武館坂崎道場を再興した。

おこん

磐音の妻。磐音が暮らした長屋の大家・金兵衛の娘。今津屋の奥向き女中だった。磐音の嫡男・空也《くうや》と娘の睦月《むつき》を生す。

今津屋吉右衛門《いまづやきちえもん》

両国西広小路の両替商の主人。お佐紀《さき》と再婚、一太郎らが生まれた。

由蔵《よしぞう》

今津屋の老分番頭。

佐々木玲圓《ささきれいえん》

磐音の義父。内儀のおえいとともに自裁。

速水左近《はやみさこん》

幕府奏者番。佐々木玲圓の剣友。おこんの養父。

松平辰平《まつだいらたつぺい》

佐々木道場からの住み込み門弟。父は旗本・松平喜内《きない》。

重富利次郎《しげとみとしじろう》

佐々木道場からの住み込み門弟。土佐高知藩山内家の家臣。

霧子《きりこ》　雑賀衆の女忍び。尚武館道場に身を寄せる。

小田平助《おだへいすけ》　槍折れの達人。尚武館道場の客分として長屋に住む。

品川柳次郎《しながわりゅうじろう》　北割下水の拝領屋敷に住む貧乏御家人。母は幾代《いくよ》。お有《ゆう》を妻に迎えた。

竹村武左衛門《たけむらぶざえもん》　陸奥磐城平藩下屋敷の門番。妻は勢津《せつ》。早苗など四人の子がいる。

弥助《やすけ》　磐音に仕える密偵。元公儀御庭番衆。

笹塚孫一《ささづかまごいち》　南町奉行所の年番方与力。

木下一郎太《きのしたいちろうた》　南町奉行所の定廻り同心。

中居半蔵《なかいはんぞう》　豊後関前藩の江戸藩邸の留守居役兼用人。

徳川家基《とくがわいえもと》　将軍家の世嗣。西の丸の主。十八歳で死去。

小林奈緒《こばやしなお》　磐音の幼馴染みで許婚《いいなずけ》だった。小林家廃絶後、江戸・吉原で花魁《おいらん》・白鶴《はっかく》となる。前田屋内蔵助に落籍され、山形へと旅立った。

坂崎正睦《さかざきまさよし》　磐音の実父。豊後関前藩の藩主福坂実高《ふくさかさねたか》のもと、国家老を務める。

田沼意次《たぬまおきつぐ》　幕府老中。嫡男・意知《おきとも》は奏者番を務める。

『居眠り磐音』江戸地図

新吉原
尚武館坂崎道場
山谷堀
東叡山 寛永寺
忍ケ岡
上野
不忍池
下谷車坂町
下谷広小路
新寺町通り
浅草
新堀川
竹屋ノ渡し
待乳山聖天社
向島
三囲稲荷
今戸橋
浅草寺
花川戸町
常泉寺
小梅村
源森川
吾妻橋
業平橋
品川家
御厩河岸ノ渡し
首尾の松
十間川
北割下水
今津屋
本所
吉岡町
天神橋
法恩寺橋
新シ橋
柳原土手
浅草御門
石原橋
南割下水
両国橋
入江町
横川
金的銀的
長崎屋
薬研堀
回向院
松井橋
竪川
浮世小路
若狭屋
大川
六間堀
鰻処宮戸川
魚河岸
新高橋
猿子橋
日本橋川
新大橋
小名木川
日本橋
鎧ノ渡し
万年橋
霊巌寺
深川
砂村新田
亀島橋
永久橋
佐賀町
金兵衛長屋
八丁堀
霊岸島
永代橋
仙台堀
永代寺
鉄砲洲
富岡八幡宮
越中島
佃島
堺橋

護国寺
面影橋
中山道
日光御成街道
小石川
伝通院
本郷
下谷茅町
石切橋
牛込
豊後関前藩
上屋敷
湯島天神
神田川
牛込御門
水道橋
表猿楽町
神田明神
元尚武館佐々木道場
駒井小路
駿河台
筋違橋御門
田安御門
市谷八幡宮
神保小路
九段坂
俎橋
雉子橋
昌平橋
内藤新宿
四谷大木戸
市谷御門
一橋御門
千鳥ヶ淵
鎌倉河岸
善国寺谷通
麹町
四谷
江戸城
神田橋
四谷御門
大手御門
本丸
半蔵御門
西の丸
道灌堀
一石橋
平川天満宮
和田倉御門
呉服町
赤坂御門
馬場先御門
鍛冶橋御門
南町奉行所
京橋
数寄屋橋御門
三十間堀川
溜池
清水谷
氷川明神
木挽橋
原宿
愛宕権現
芝口橋
木挽町
長谷寺
宝泉寺
麻布広尾町
増上寺
芝
赤羽橋
麻布村

本書は『居眠り磐音　江戸双紙　散華ノ刻』（二〇一二年十二月　双葉文庫刊）に著者が加筆修正した「決定版」です。

編集協力　澤島優子
地図制作　木村弥世

散華ノ刻

居眠り磐音（四十一）決定版

第一章　睨み合い

一

小梅村に直心影流尚武館坂崎《じきしんかげりゅうしょうぶかんさかざき》道場が開かれて半年を迎えようとしていた。

近頃では紀伊《きい》徳川家の江戸藩邸から家臣が出稽古《でげいこ》に訪れたり、豊後関前《ぶんごせきまえ》藩の家臣が入門したりして次第に賑《にぎ》やかさを増していた。

磐音《いわね》が三年半余の流浪《るろう》の旅から戻った直後には昔馴染《むかしなじ》みの者ばかり十数人で始まった坂崎道場だが、今や四十人を超える数の門弟が打ち込み稽古や槍折《やりお》れの基本稽古を庭先で行い、活気に溢《あふ》れていた。

だが、四十人が一堂に会して稽古ができるほど道場は広くない。そこで道場と庭に分かれての稽古が行われた。道場では木刀、竹刀《しない》稽古、庭では小田平助《おだへいすけ》が師範となって槍折れの指導が行われる。

紀伊徳川家の家臣の入門は、過日思いがけない経緯《いきさつ》があってのことだった。磐音は紀伊和歌山藩の江戸藩邸に御目付《おめつけ》糸川寛信《いとかわはるのぶ》を訪ね、頼みごとをした。その折り、糸川は快くもその場に磐音を待たせて頼みごとを調べてくれた。

その結果、新造の明和三丸《めいわさんまる》に密《ひそ》かに乗船して江戸に出てきた父坂崎正睦《まさよし》の奇禍《きか》の謎を解く手掛かりを得た。正睦は藩物産事業に絡《から》む不正を糾明《きゅうめい》すべく母照埜《てるの》ともども密かに出府し、不正を行う一党の手に落ちたのだ。

ともあれ糸川と会ったことが、坂崎正睦の身柄を何事もなく奪還するきっかけとなった。その折りのことだ、糸川は磐音の頼みごとを聞き届けた後、

「しばし刻《とき》を貸されよ」

と磐音を藩邸内の道場に誘い、見所《けんぞ》にいた藩主徳川治貞《はるさだ》と面会させたのだ。

磐音は思いがけない治貞との対面に、これまでの恩義を深く謝した。一方、治貞はその折り、

「父親がこと、片付きし折り、そなたを紀伊藩江戸屋敷の剣術指南に命ず」

と思いがけない言葉を発し、治貞の深甚《しんじん》なる心遣いに磐音はただ平伏して承《うけたまわ》るしかなかった。

かくて父正睦の奪還はなった。だが、正睦が命を賭《と》して江戸に密行してきた豊後関前藩の不正騒動は未だ解決の目処《めど》が立っていない。

国家老たる正睦が公《おおやけ》に、

「江戸に在《あ》る」

こと自体が認められているわけではないが、正睦と照埜はのんびりと小梅村の今津屋《いまづや》の御寮で孫の空也《くうや》と睦月《むつき》に囲まれて日を過ごしていた。

そんな最中、紀伊藩江戸屋敷の家臣らが三々五々、小梅村に姿を見せて、

「出稽古」

をしていく姿が見られるようになった。治貞が藩道場で命じた、

「坂崎磐音を剣術指南に命ず」

の言葉を受けてのことだった。

老中田沼意次《たぬまおきつぐ》、奏者番《そうじやばん》田沼意知《おきとも》父子は絶大なる権力を江戸城の表、中奥《なかおく》、大奥に行使して、

「尚武館道場の再興」

を手を替え品を替えて阻《はば》んできた。ために神保小路《じんぼうこうじ》にあった尚武館佐々木《ささき》道場の威勢には遠く及ばず、小梅村で精々十数人から多いときでも二十人がひたすら

稽古に励んできた。

ただ今の江戸では、

「田沼派に非《あら》ずんば人に非ず、出世叶《かな》わず商い成り立たず」

の風潮があった。

だが、御三家の徳川治貞の一言が田沼派に風穴《かざあな》を開けようとしていた。すでに尾張《おわり》藩の家臣馬飼十三郎《うまかいじゅうざぶろう》ら数人が磐音に弟子入りしており、これで御三家のうち二家の家臣が門弟に加わったことになる。

また豊後関前藩からは、前の参勤上番《じょうばん》に従い江戸に上がってきたばかりの岩林《いわばやし》伊佐次《いさじ》、湯谷恒吉《ゆやつねきち》が坂崎遼次郎《りょうじろう》に伴われて小梅村を訪れ、入門した。これによって、これまでの磯村海蔵《いそむらかいぞう》、籐子慈助《とうごじすけ》に加え、関前藩江戸屋敷から四人が朝稽古に通ってくることになった。

その代わり、坂崎遼次郎が尚武館坂崎道場の住み込み修行を終えて、豊後関前に戻ることが決まっていた。だが、それもこれも関前藩を大きく揺るがす藩物産事業に絡む不正騒ぎを解決しなければどうにもならない話だった。

そこで遼次郎は、江戸藩邸の留守居役兼用人に就《つ》いた中居半蔵《なかいはんぞう》のもとで藩務を覚える奉公を命じられていた。

豊後関前藩の江戸藩邸では奇妙なほどの静かな緊張と対立が続いていた。

藩物産事業を利用して阿片《あへん》の江戸持ち込みを再開しようとした江戸家老鑓兼参《やりがねさん》右衛門《えもん》一派と、不正を糺《ただ》そうとする中居半蔵一統が対決して睨《にら》み合いを続けていた。

どちらも動き出せないのは、鑓兼一派の背後に藩主福坂実高《ふくさかさねたか》の正室お代《だい》の方《かた》が控え、中居半蔵一統には国家老坂崎正睦があって、磐音のいる小梅村で長閑《のどか》な日を過ごしていたからだ。

お代の方と正睦が対決するとき、どちらかが倒れて、豊後関前藩は大きく揺らぐことになる。

磐音も正睦もそのことを憂《うれ》い、なんとか、

「穏やかなる解決策」

はないものかと思案し模索していた。

鑓兼一派の黒い思惑と、それを糾弾《きゅうだん》しようとする勢力の対立とは別に、小梅村では賑やかな様相を呈しており、重苦しい思いを母屋で感じながらも正睦と照埜は、

「一時の幸せ」

を孫二人から貰《もら》いながら暮らしていた。

この日、尚武館坂崎道場では稽古の終わりに磐音対二十余人の門弟衆の打ち込み稽古が行われた。この中には師範格の依田鐘四郎《よだかねしろう》や、速水杢之助《はやみもくのすけ》、右近《うこん》兄弟、設楽小太郎《したらこたろう》ら若年組は加わっていない。剣術修行が十年を超えて尚武館の仕来《しきた》りに慣れた者ばかりが選ばれていた。また霧子《きりこ》も自ら望まず見物に回った。なにか考えがあってのことのようだった。

先陣は重富利次郎《しげとみとしじろう》が志願して磐音に一礼した。

「若先生、一手ご指南のほどお願い申します」

「殊勝な言葉じゃな。近頃剣術の上達の度合いが日に日に増して、今や利次郎の前に敵なし、と豪語されておると聞いたがな」

「えっ、霧子がそのようなことを告げ口いたしましたか。いえ、あれは自らを鼓舞《こぶ》する言葉にございまして本意ではございません」

「己の前に敵なし、そのくらいの気概がないと剣術は上達せぬもの。拝見いたしましょう」

磐音が稽古の始まりを告げたとき、見所に珍しく人が入ってきた。

奏者番速水左近《さこん》と袖無《そでな》しを着込み好々爺然《こうこうやぜん》とした正睦だった。どうやら速水が小梅村を訪れ、正睦に息災の祝いを述べたのち、稽古見物に誘ったのだろう。

速水左近と坂崎正睦は初対面であった。だが二人は、何年も前から磐音の口を通して互いの立場や人柄を承知しており、すでに信頼関係が出来上がっていた。

そのことをだれもが二人の挙動を見て感じ取った。

「ちらり」

と見所を見た利次郎はなにも言わず正面の磐音に注意を戻し、

「若先生、参ります」

と竹刀を正眼《せいがん》に構えた。

それに対して磐音は珍しく下段に竹刀を下ろして、
ぴたっ
と視線を利次郎の顔《かんばせ》においた。

利次郎が肺に溜《た》まった空気をゆっくりと吐き出した。

長く静かな呼吸だった。その息の吐き出しに伴い、利次郎の顔がわずかに紅潮した。そして息を吐き終えた利次郎が一拍おいた後、息を吸い始めた。これもまた長く静かな呼吸だった。

胸いっぱいに息を吸い込んだ利次郎が、

はっ

と無音の気合いを発して踏み込み、正眼の竹刀を磐音の面上に落とした。利次郎らしい大胆で潔《いさぎよ》い攻めだった。

磐音はその動きを不動のまま、

「春先の縁側で日向《ひなた》ぼっこをしながら、居眠りしている年寄り猫」

の無防備な態度で待ち受け、引き付けるだけ引き付けた。

「おおっ」

と新入りの湯谷恒吉が思わず声を洩《も》らした。

湯谷らも磐音との稽古には指名されていない、見学組だ。

びしり

と音が響いて湯谷にも岩林にも利次郎の果敢な面打ちが決まったかに思えた。

が、思いがけない展開が待ち受けていた。

そより

と微風《そよかぜ》が戦《そよ》ぐと、磐音の下段の竹刀が躍って、踏み込んできた利次郎の胴へと転じ、したたかに叩《たた》いて横手に数間転がしていた。

ごろごろ
と転がった利次郎が、
ぱあっ
と床に上体を起こし、

「重富利次郎、未だ木鶏《もっけい》たりえず」

と呟《つぶや》いたものだ。

見所から思わず笑い声が上がった。

速水左近だ。

「いや、これは失礼をいたした、お許しあれ」

と左近が詫《わ》びたが、そのかたわらから、

「なかなかの御仁かな。それくらいの気構えがなければ刃《やいば》の下に身をおくことはできまい」

正睦までもが感心して微笑《ほほえ》んだ。道場内に笑い声が広がったが、霧子は笑み一つ浮かべず利次郎を凝視していた。一撃にすべてをこめた利次郎の攻めをこれまで見たことがなかったからだ。

松平辰平《まつだいらたつぺい》も霧子同様に刮目《かつもく》した一人だった。

（利次郎はなにかを会得しつつある）

その予感を、利次郎と親しい二人は感じていた。

だが、磬音はなにも言わなかった。

二番手の田丸輝信《たまるてるのぶ》以下二十余人が磬音に挑み、それなりの工夫を凝《こ》らしたが、ついに磬音の迎え討ちの一撃を崩すことはなかった。

最後に松平辰平が磬音に挑戦した。辰平も利次郎もこれまで何百何千回と、

「坂崎磬音」

という高みに挑み、その都度完膚《かんぷ》なきまでに敗《やぶ》れてきた。もはや二人には磬音を打ち負かそうという気持ちはない。いい勝負がしたい、その一念だけが胸の中にあった。

「ご指導お願いします」

松平辰平は気持ちを平らにして磬音に一礼した。

相正眼に構えた。

今や身丈は辰平のほうが数寸高く手足も長かった。

互いが互いの呼吸に合わせ、機が熟すのを待った。

長い対峙《たいじ》になった。

利次郎は、自らが選んだ即戦即決とは反対の待ちを辰平が選んだことに、並々ならぬ意思を感じとっていた。

待ちの構えは、二人の師である坂崎磐音が得意とするものだ。居眠り剣法に対して、辰平も同じ戦法で挑もうとしていた。

二人の不動の姿勢から静かなる緊迫が漂ってきた。

磐音は平静を保ち、辰平もまたそれを見倣《みなら》った。

竹刀と竹刀の先端は三尺と間がない。

尚武館坂崎道場にある全員の目が辰平の仕掛けを待っていた。ために初めは磐音の密やかな動きを見落とした。

竹刀の切っ先が微《かす》かに震え、止まった。間をおいて二度三度と繰り返され、

「鶺鴒《せきれい》の尾の震え」

の如《ごと》き竹刀の動きを全員が認めた。

辰平は師の誘いを真っ先に感じとっていた。

(この誘いをどう読むか)

そして、

(間をどう外すか)

辰平の両眼が細く閉じられた。
三尺は寸毫《すんごう》の距離であり、無限の間合いだった。
四度《よたび》、鶺鴒の尾が震え、誘った。
辰平は動かない。
竹刀の震えが止まった。
その寸前に辰平は気配もなく三尺の間合いを詰めて踏み込み、磐音の脳天に強烈な一撃を送り込んだ。
磐音の動きは玄妙《げんみょう》だった。
自ら辰平の竹刀に叩かれるべく、身を、
ふわり
と入れた。
辰平の打ち込みが磐音の面を撃ち抜いた、とだれもが思った瞬間、再び微風が舞い、磐音の体が、
くるりくるり
と回転して辰平の体の横を戦ぎ、戦ぎながらも竹刀が躍って胴をしなやかに抜いていた。

辰平は飛ばされそうになりながらも二歩三歩よろめいて踏み止まり、その後、両足を縺《もつ》れさせて床に崩れ落ちた。

しばし床で荒い息を吐いていた辰平がゆっくり身を起こすと、磐音に向かって正座し、

「ご指導有難うございました」

と礼を述べた。

「利次郎どの、辰平どの、あと薄紙一枚を突き抜ければ新たなる境地に到達なされよう」

「はい」

と二人の門弟が同時に返事をした。

その険しい師弟の対決を、紀伊藩の家臣小寺頼武《こでらよりたけ》、印南三郎次《いんなみさぶろうじ》、尼子《あまこ》久伸《ひさのぶ》の三人が言葉もなく凝視していた。三人はこの朝、初めて小梅村を訪れたのだ。

「今日の朝稽古はこれまで」

と磐音が宣し、一同が、

「有難うございました」

と礼を述べると、磐音は見所に向かった。

「速水様、父を稽古見物に誘われましたか」

「父御は子の今を知らぬでな」

「速水様、杢之助どの、右近どのと手合わせなされませぬか。さすれば二人の力を知ることができまする」

「若先生、三年ぶりに会《お》うた倅《せがれ》二人に奥多摩《おくたま》で十分に驚かされた。たしかに親はなくとも子は育つ」

速水が笑って立ち上がった。すると右近が、

「父上と手合わせをするならば兄上が先じゃぞ」

と杢之助に囁《ささや》いた。その様子を見た速水が、

「杢之助、右近、そなたらとの手合わせ、後日にいたす」

と笑いかけ、

「少しこちらも錆《さび》落としせぬと、満座の中で倅二人に恥をかかされるわ。それだけはなんとしても避けたいでな、若先生」

と磐音に笑いかけた。

「いえいえ、速水様はわが養父《ちち》佐々木玲圓《れいえん》の剣友にございますれば、まだまだ杢之助どの、右近どのは相手にはなりますまい。ほれ、お二人して手合わせがない

と知り、ほっとしておられます」

　と磐音が笑みで応じた。

「正睦どの、磐音どのに追いつかれたやもしれぬと感じられたのは、いつにございますな」

　速水左近が、隠居然として会話を聞く正睦に話しかけた。

「なにっ、坂崎家の内情を暴露せよと奏者番様は仰《おっしゃ》いますか。それがしは幼い頃より木刀を振り回すことは性に合いませんでな、武士の本分にも悖《もと》る関前藩の家臣にござった。ゆえに倅は剣術を志したときからそれがしより腕は確かでした。それにしても剣術で身過《みす》ぎ世過《よす》ぎを立てようとは努々《ゆめゆめ》考えたこともございませんでしたな」

「正睦どの、生き方が違《ちご》うてようございましたな。そなたの倅どのは亡き家基《いえもと》様の剣術指南、当代を代表する剣術家にございますでな」

「ほうほう、そう仰られても今一つ信じ難い。ともあれ今津屋どのの後見にてかような道場を持てたことはなんとも幸せでござった。これで豊後関前から出てきた甲斐《かい》があったというものです」

「速水様、それがし、豊後関前藩からも坂崎家からも出た身、父上には苦労ばかりかけております」

と応じるところに紀伊藩江戸屋敷の三人が挨拶《あいさつ》に来た。

「どうじゃな、この道場で習うべきことがありそうかな」

「ご指南、われら三人、肝《きも》を冷やして屋敷に戻ります。明日からはもそっと覚悟して稽古に参ります」

小寺頼武が言った。

「磐音、そなた、この道場では指南と呼ばれておるのか」

見所に座った正睦が磐音に訊いた。

「いえ、神保小路時代は養父の玲圓が大先生で、それがしは若先生と呼ばれておりましたゆえ、今も若先生と呼ばれております。いつの日に若の一字がとれるものやら皆目《かいもく》分かりません」

「うーむ、ならばご指南とは、またどうして呼ばれたのであろうか」

と正睦が気にした。小寺らが、磐音にいけなかったかという顔をした。

「小寺どの、尚武館ではまだだれも知らぬことなのじゃ」

「それはとんだことを」

「治貞様のお心遣いにござる。機会があった折りに話そうと思うておったのじゃ。

この際にござる」

と小寺に頷《うなず》いた磐音は、

「速水様、父上、過日、思いがけなく紀伊藩主の治貞様にお目にかかる機会を得まして、治貞様より、紀伊藩江戸屋敷の剣術指南を命じられたのでございます」

「なに、そなたが御三家紀伊藩の剣術指南とな。ふーん、いよいよ信じられぬな」

正睦の反応に速水が笑い出し、

「子の出世は男親として認めたくないものですかな」

「いや、そうではござらぬが、磐音に務まるかのう」

「ふっふっふふ」

と速水が笑い出し、

「若先生、尚武館坂崎道場にはすでに尾張藩の家臣が何人か門弟として通っておられる。今また紀伊藩の剣術指南に就かれるとなれば、再興の励みになりますな」

と素直に喜んでくれた。

二

速水左近は昼餉《ひるげ》を母屋で食した後、坂崎正睦、磐音父子と三人だけで会談を持った。

磐音は速水がなにか話があってのことか、あるいは正睦の様子伺いに来ただけか、どちらにせよ、父と話し合うよい機会だと思った。

話を切り出したのは速水だった。

「正睦どの、磐音どの、豊後関前藩の江戸家老に就いた鑓兼参右衛門なる人物について、城中の昔の手蔓《てづる》をたよって調べており申す」

「奏者番様にわが藩のことまで気遣いさせてしもうて申し訳ないことにございます」

と正睦が詫びた。

「まあ、ご存じのように城中を田沼意次、意知父子が専断しておられるゆえ、大したことは分からなんだ。はっきりしたことは、鑓兼どのの先祖は紀伊家中の伊《い》丹《たみ》四家の一つ、吉宗《よしむね》様が八代将軍に即位された折り、江戸には同道せず和歌山に残された家系の分け伊丹であったということが確かめられたくらいでござる。このことはすでに磐音どのが紀伊藩の御目付どのから聞き知っておられる。今も分け伊丹は和歌山にて紀伊藩に奉公しておられる。その血筋の伊丹荘次郎《そうじろう》が豊後関前藩の鐺兼家に婿《むこ》養子に入った経緯《いきさつ》を正睦様はご存じでございましょうな」

「安永《あんえい》二年（一七七三）の冬、御勘定方鐺兼小左衛門《こざえもん》が娘に婿養子を迎える届けを出しておりましてな。それによりますと、紀伊和歌山藩家臣伊丹家の一人が血筋の旗本伊丹家二百十石の婿養子に入り幕臣となっておったそうな。これは先々代の話です。その旗本伊丹家の部屋住みが荘次郎にございましてな、この先は速水様と磐音のほうがとくと承知にございましょう」

正睦は関前藩で江戸家老に出世した鐺兼参右衛門の出自を調べていた。

「この者、荘次郎は才気があったか、部屋住みゆえにあれこれと身過ぎ世過ぎを江戸で立てていたようです。それがなぜ関前藩家臣の鐺兼の婿養子になったか、きっかけが国許《くにもと》では判然とせぬのです」

「安永二年の冬ですか」

およそ十年前を磐音は回想した。

その年、安永二年は豊後関前藩を揺るがした国家老宍戸《ししど》文六《ぶんろく》の専断政治が行われていた頃だ。

藩に秘密の借財が一万六千五百両もあることが発覚し、藩政改革派と国家老ら守旧派、藩を二分しての騒ぎが勃発した。

その後、宍戸ら守旧派は一掃されたが、磐音は許婚小林奈緒《いいなずけこばやしなお》が貧窮のために身売りしたことを知って、奈緒を探す旅に出ていた。そして、この冬、路銀も尽きた磐音が江戸に舞い戻った時期でもあった。

「父上、藩が先の国家老宍戸様の専断政治の後始末に追われていた頃のことにございますな」

と磐音は言いながらも、また十年後に腹黒い連中の跋扈《ばっこ》に関前藩は直面し、自らもまたその渦中にあると、不思議な因縁を感じていた。

「いかにも関前城下、江戸藩邸、大騒ぎの後始末に追われて、だれもが慌《あわ》ただしく動き回っていた。宍戸文六ら守旧派が当然の報いで処断されたあと、藩の統治能力は大きく落ちていたこともたしかじゃ。そんな最中、旗本伊丹家から鑓兼の家に婿養子が入ってきた。だれもがそのことをはっきりと覚えておらぬそうな。元々鑓兼家は御勘定方でな、家禄百十石、主《あるじ》の小左衛門は宍戸一派に誘われるほど才気のある家臣でもなく、藩を二分しての騒ぎを江戸から傍観しておった凡庸《ぼんよう》な人士であったと、それがしはおぼろに先代を記憶しておる。伊丹荘次郎が鐺兼家に婿養子に入って一年もせぬうちに舅《しゅうと》の鐺兼小左衛門が胃病にて亡くなり、荘次郎から改名した参右衛門が鐺兼家の家督と御勘定方の職を継いだ。当初、三、四年は可もなく不可もない奉公ぶりであったようだが、安永六年（一七七七）、お代の方様に目をかけられ、江戸を知り尽くした参右衛門の出世が始まった。異例の出世を重ねる鐺兼参右衛門の身辺を調べるよう中居半蔵に極秘に命じたのは三年余前のことであったか。また陰監察を関前と江戸に配して調べたが、二年前、物産方の南野敏雄《なんのとしお》が殺害された一件をきっかけに、一味は慎重にも騒ぎが鎮まるまで活動を停止したこともあって、確たる証《あか》拠《し》はなにも摑《つか》めなかった」

と正睦がこの十年の関前藩の移り変わりを告げた。

「父上、なぜこたび俄《にわ》かに江戸に出て参られましたな」

正睦を神保小路の日向鵬齊《ひゅうがほうさい》邸の離れ屋より奪還した後、磐音は正睦がその気になるまで江戸に密行してきた事情は訊くまいと決めていた。もはや自らは豊後関前藩に関《かか》わりのない人間と思っていたからだ。だが同時に、豊後関前藩の一件と自らが置かれた立場の元凶は同じところから発していると考えていた。

正睦も、今や剣術家として身を立てる磐音に相談することを遠慮していた。その一方、江戸留守居役兼用人になった中居半蔵の来訪を待ち望んでいたが、藩邸を留守にすることに躊躇《ためら》いがあるのか、半蔵はなかなか小梅村にいる正睦のもとへ姿を見せようとはしなかった。

「実高様は、磐音に助けを求めよと関前を出る際に命じられた。藩物産事業を興した功労者は坂崎磐音。正睦、そなたの嫡男《ちゃくなん》だ、磐音も断るまいとも言われた。だが、そなたに話せばまた十年前のような騒ぎに巻き込むことになる。わしは、気が進まなんだ。新造船の明和三丸に照埜と二人密かに乗り込んだのは、物産事業を舞台にした阿片の抜け荷と密売の元凶は江戸にあると思うたからじゃ。むろんわしの行動は、実高様のお許しを得てのことである」

正睦の言葉に磐音は頷いた。父が実高の許しも得ずにこのような大胆な行動をとるとは考えられなかった。

「明和三丸の新造に合わせて、長崎にて手に入れた阿片を新造船に積み込んで江戸に持ち込むと、父上は推測なされたのでございますな」

「磐音、そなたは長崎に関前藩が藩屋敷を設けたことを承知か」

正睦が問い返した。

「中居半蔵様からお聞きしていささか驚きました。その一方で、十年の歳月が豊後関前藩の財政をそこまで好転させたかと思うて誇らしくもございました」

磐音は深川佐賀町《さがちよう》に豊後関前藩の蔵屋敷があって、物産を保管することに使われていることすら知らなかった。それほどこの数年は関前藩と疎遠に過ごしてきたのだ。

「それもこれもそなたらの血の犠牲があったればこそじゃ」

「新造船の船名を明和三丸と名付けられたのは殿にございますな」

「いかにもさようだ。豊後関前藩のただ今の繁栄のもとになったきっかけは明和九年（一七七二）に坂崎磐音、河出慎之輔《かわでしんのすけ》、小林琴平《こばやしきんぺい》の三人が藩政改革の旗印を掲げて江戸から帰国したことが発端だと殿は考えておられるのじゃ。ゆえに明和三丸と船名に想いを込められ、また関前藩を襲う新たな不正を糾弾する強い気持ちを込めて名付けられたと殿から直《じか》にお聞きした」

「実高様は今もそのようにお思いですか。われらの藩政改革を潰《つぶ》そうと企《たくら》んだ宍戸文六一派の策に落ちて命を失《な》くした慎之輔と琴平は冥府《めいふ》で喜んでおりましょう」

「そのためにも新たなる不正を糺さねば、河出、小林をはじめ、多くの犠牲を出した安永二年の改革が実を結ばぬことになる」

正睦が言い切った。

「父上、改めてお訊きします。こたび国家老自らが藩船に隠れ潜んで江戸に出てこられたのはなぜにございますな」

「おお、そのことよ。長崎に関前藩屋敷を設けてはどうかとそれがしに言い出されたのは実高様じゃ。およそ四、五年前のことになろうか、藩財政も好転しつつあり、蓄財もそれなりにあって、飢饉《ききん》に見舞われたとて耐えられる余裕ができておった。ためにそれがしも中居半蔵も二つ返事で了承した。じゃが、藩屋敷を設けるにあたり、殿より江戸藩邸におる鑓兼参右衛門に長崎の藩屋敷開設の指揮をとらせたいと言われたとき、その意味を深く考えずに了承してしもうた。改めて考えれば、実高様に長崎に藩屋敷を設けるよう進言なされたのはお代の方様、そして、その考えを背後で吹き込んだのは鑓兼参右衛門であったのじゃ」

正睦は茶碗《ちゃわん》をとって喉《のど》を潤した。

「鑓兼参右衛門が長崎に赴任の途次、関前に立ち寄ったで、それがし、初めてあやつと会うた。如才《じょさい》ない人物とは思うたが、江戸に目端の利《き》く人材があるのは悪いことではあるまいと考え直した。鑓兼は江戸から伴うた三人の供を連れて、長崎に出立《しゅったつ》し、三月《みつき》後には長崎の唐人蔵のある西浜《にしはま》町に地所三百余坪の蔵付きの古家を購《あがの》うて、改装を済ませた。伴うた三人の他に長崎でも数人を雇い、関前藩長崎屋敷を抱えおったのだ。その金子《きんす》は、むろん藩物産事業で得た蓄財から千数百両が費消された。豊後関前と長崎は日田《ひた》往還《おうかん》を通じて、そう遠い距離ではない、陸路にして五十数里だ。だが、鑓兼参右衛門が長崎の藩屋敷の開設を手掛けたことで、藩屋敷の管理は江戸藩邸の鑓兼の支配下に組み込まれたのだ」

「中居半蔵様は異を唱えられませんでしたか」

うーむ、と正睦が苦渋の顔をした。

「長崎に藩屋敷を設けたことで、長崎に入る到来品が陸路、海路で関前に運ばれてきて、江戸への藩船に積み替えられ、大きな利を生むようになっていた。これまたあとで考えれば、鑓兼は長崎との取引きに旨みがあることを十分に承知していたふうなのじゃ。関前領内で産する海産物や椎茸《しいたけ》などの乾物より利幅が大きく、ために一隻《せき》の船での売り上げ、利潤も大きく膨らんだ。なにやら庇《ひさし》を貸して母屋を取られた感じもしなくはない」

「それにつれて鑓兼どのの発言力も増したと申されますか」

「そういうことじゃ。お代の方様の信頼も増し、ついには江戸家老の要職に昇りつめた」

鐺兼の出世の経緯を語った正睦は、さらに続けた。

「中居半蔵が注文をつけたところで馬耳東風《ばじとうふう》、あまりしつこく申すとお代の方様に呼ばれて叱《しか》られるという繰り返しでな。そんな折りに、正徳丸《しょうとくまる》が江戸から関前に戻り、船に乗り込んでいた物産方南野敏雄が刺殺された」

「二年ほど前のことですね」

「そなた、すでに承知だったな」

「陰監察の纐纈茂左衛門《こうけつもざえもん》どのが小梅村のわが屋敷の湯殿に潜んでこられ、事情を告げていかれました」

「おお、纐纈から聞いたか」

「南野敏雄どのを刺殺した下手人は物産所方帳付け内藤朔次郎《ないとうさくじろう》にございます」

「まさか、南野を殺したのは帳付けの内藤朔次郎というか」

「父上が藩邸内から連れ去られたことにただ一人気付いたのが陰監察石垣仁五郎《いしがきじんごろう》どのにございました。その石垣どのを刺殺した後、目黒行人坂《めぐろぎょうにんざか》の中屋敷の塀の外に放置したのも、内藤とその一味と思えます」

「それにしてもあの茫洋《ぼうよう》とした人物が二人まで同輩を暗殺しのけたか。さような非情をなす者とは思えなかったがのう」

「内藤朔次郎は何年も前から鐺兼参右衛門の隠れ配下であったのでしょう」

「許せぬ」

と正睦が吐き捨てた。

「内藤朔次郎はもはやこの世の人間ではございません」

「始末したか」

はい、と磐音が言い切り、正睦が安堵《あんど》した様子を見せた。

「父上を神保小路の日向邸から奪還したその夜のうちに、われら明和三丸に乗り込み、鐺兼一派が阿片を運び出すのを待ち受けました」

「阿片を運び出すのが明和三丸到着の夜でないとしたら、最後の最後になると思うておったがな」

「父上をわれらが奪い返したゆえ、鐺兼一派も慌てて明和三丸に乗り込んできたのでしょう」

「阿片は積まれておったか」

「ございました。それも上質の阿片が四十貫ほど。江戸で売りさばいたとしたら莫大な金子となり、また阿片の中毒者が数多《あまた》出たことでしょう。あの晩、内藤朔次郎がそれがしを襲い来ましたで返り討ちにいたしました」

首肯《しゅこう》した正睦が、

「磐音、この話、江戸で公になっておるのか」

と豊後関前の藩船に阿片が大量に積まれていたことを幕府が承知かどうか気にかけた。

「幕府に知れ渡っているようならば、この場に速水左近様がおられるはずもございません」

ふうっ
と正睦が大きな吐息をついた。

笹塚孫一《ささづかまごいち》に託した阿片は、蘭医《らんい》桂川甫周国瑞《かつらがわほしゅうくにあきら》によって調べられ、痛み止めとして医学の場で使われるほど上質なものと分かっていた。だが、四十貫は何分《なにぶん》にも多い。笹塚孫一は、この大量の阿片をどう換金するか頭を悩ませていると、木《き》下一郎太《のしたいちろうた》から磐音は報告を受けていた。

「江戸ではすべてが目まぐるしゅう動くな。もはや年寄りの出番はないわ」

正睦が自嘲したように呟いた。

「父上、その前になさねばならぬことがおありではございませんか」

「いささか気が重いことがな」

正睦は藩主の正室お代の方のことを思ったか、苦悶の表情を見せた。

「父上、明和三丸で江戸に到着して以後、中居様とは会われていないのでございますか」

「会うておらぬ」

と正睦が憮然《ぶぜん》とした表情で言った。

「明和三丸が江戸に碇《いかり》を下ろした後、一夜船で過ごされたには理由《わけ》がございますので」

「阿片を運び出すとしたら到着第一夜かとも考えたでな、もう一夜照埜と船室に我慢して、様子を見ることにしたのだ。だが、鑓兼一派は来なかった。ひょっとしたら、船内に潜む一派が、船に不審の者が二人同船していることを鑓兼に知らせたのやもしれぬ」

「到着の翌日、それがし、遼次郎どのを伴い佃島《つくだじま》で中居様と面会し、関前藩の不正騒ぎを糾明する手伝いをせよと命じられました」

「半蔵も思い余ってのことであろう、許せよ」

「父上、中居様との面会のあと、船着場のわれらの舟になんと母上が乗っておられたのでございます。それまで明和三丸に父上と母上が乗船して江戸においでとは夢想だにしませんでした」

「その夜、それがしにも迎えの船が来た。むろん中居半蔵が用意した船と思うて乗ったのじゃ。鉄砲洲《てつぽうず》で乗り物に乗り換えてな、富士見坂《ふじみざか》の江戸藩邸に向かった」

「それは中居様差し回しの乗り物ではなく、鐺兼一派の乗り物であったということでしょうか」

「そうとしか思えぬ。乗り物ごと藩邸内に運び上げられ、乗り物の引き戸が開けられたとき、鐺兼参右衛門の傲岸不遜《ごうがんふそん》な顔が目に入ったでな」

「明和三丸での父上と母上の江戸密行を、鐺兼一派は知っておったということですね」

「やはり明和三丸の乗り組みの者の中に隠れ鐺兼一派がいたということじゃ。知れるのは致し方ないと思うたが、いささか早かったな」

正睦は他人事《ひとごと》のように呟いた。

「あの晩、わしの前に現れた鐺兼は、関前で会うた鐺兼とはまるで別人のようでな、わしが中居半蔵を呼べと命じても聞き流して、江戸に来たのは何用かと尋ねおった。そこで喉が渇いたゆえ茶を所望したところ、小姓が茶を運んできおった。

それを飲んだ途端、舌先に痺《しび》れが走って、意識を失《うしの》うたのだ」

「父上の勾引《かどわか》しを知らされ、われらもいささか慌てました。そんな最中、最前話した陰監察の石垣仁五郎どのが刺殺されて、中屋敷の外に骸《むくろ》が放置されていたのです」

正睦はしばし考えを整理するように黙り込んだ。

「磐音、わしが救い出された折りに、監禁されておったのは神保小路の尚武館道場と聞いたが」

「いかにも、さようにございます。父上がおられた座敷牢《ろう》は、それがしとおこんが所帯を持った佐々木家の離れ屋にございました。その離れ屋で陰監察の石垣仁五郎どのが内藤朔次郎の卑怯《ひきよう》な手で殺されたのでございます」

「気の毒なことをした。それにしてもなにゆえ旧尚武館佐々木道場に連れ込まれたのであろうか」

自問するように正睦が言った。

「こたびの一連の騒ぎの謎を解く鍵がその場所にございます」

「謎を解く鍵とな」

「また速水左近様がこの場におられる理由でもございます」

正睦は磐音の言葉に理解がつかぬようで、速水と磐音の顔を交互に見た。

「尚武館佐々木道場は田沼意次様の命《めい》で幕府に召し上げられ、田沼家の家臣から旗本に取り立てられた日向鵬齊なる人物に下げ渡されております。つまりは田沼派の拠点の一つにございます。父上が勾引しに遭《あ》われた関前藩江戸藩邸からも、また速水左近様の表猿楽町《おもてさるがくちょう》のお屋敷からも近うございます」

「ほうほう」

「父上、速水様が最前説明なされたとおり、鑓兼参右衛門なる人物の出は紀伊藩伊丹家の血筋です。分け伊丹家の血筋にして旗本家の次男坊荘次郎は、かつて御三卿一橋家徳川宗尹《むねただ》様に仕えた伊丹直賢《なおかた》様の関わりから、豊後関前藩に食い込んだ田沼意次、意知父子の走狗《そうく》にございます。なぜならば、伊丹直賢様の娘御は意次様の正室にございますでな」

「どういうことか」

正睦は未だ理解がつかぬという困惑の表情を見せた。

「父上、豊後関前藩のこたびの不正な商いと、われらがここ何年も敵対してきた田沼意次、意知父子との戦いは同根にございます」

正睦はしばし言葉を失い、黙り込んでいた。

三

夕暮れ前、六間堀《ろつけんぼり》の北之橋詰《きたのはしづめ》にある深川名物鰻処《うなぎどころ》宮戸川《みやとがわ》の河岸を一艘《そう》の猪牙《ちょき》舟が離れた。

船頭は霧子で、胴《どう》の間《ま》に磐音と幸吉《こうきち》が乗って、辺りには今や深川名物として多くの客を集める鰻の蒲焼《かばやき》の匂《にお》いが漂っていた。

見送りに出た主の鉄五郎《てつごろう》に磐音が会釈《えしやく》して、

「親方、店を開ける前に無理を願い、相すまぬことでござる」

と詫びた。

「鰻屋は鰻を売るのが商売でございますよ、なんのことがありましょうか」

と鉄五郎が応じて、

「幸吉、帰りにな、若先生と霧子さんをうちにお連れしねえ。小梅村におられる若先生の親父様にうちの鰻を食してもらいたいからな。仕度はしておくよ」

と送り出した。

「幸吉どのをお借りします」

磐音がその言葉に思いを込めて挨拶すると、霧子は北之橋詰から猪牙舟を出し、六間堀を竪川《たてかわ》の方角へと舳先《へさき》を向けた。

霧子の櫓《ろ》さばきは今や玄人《くろうと》はだしで、細身をしならせるように使い、櫓を大きく操《あやつ》った。そのせいで尚武館坂崎道場の猪牙舟は六間堀をすいすいと進み、山城《やましろ》橋《ばし》、松井橋《まついばし》を潜《くぐ》って竪川に出ると、大川へと舳先を向けた。

「幸吉どの、造作をかける」

磐音が、自ら同道を望んだ幸吉に声をかけた。両の襟《えり》に、

「深川名物鰻処」

「宮戸川」

の文字が染め抜かれ、背中には、

「う」

の字に鰻がくねる絵が描かれた半纏《はんてん》を着た幸吉が、

「おや、若先生、またわっしに、どの付けなさるんで」

と硬い表情ながら尋ね返した。

磐音が江戸で暮らし始めた十年余前、深川暮らし、長屋住まいの師匠は幸吉であった。その当時、幸吉は十一歳の少年であったが、深川に縦横に張り巡らされ

た堀や池で鰻を捕っては、宮戸川などに買い取ってもらい、貧乏暮らしの一家を支えていた。歳《とし》は下だが、深川や町屋暮らしを知らない磐音にあれこれと伝授し、磐音から、

「師匠」

あるいは、

「幸吉どの」

と呼ばれていた。

だが、幸吉が成長し宮戸川に勤めるようになり、磐音は思うところあって、

「幸吉」

と呼び捨てにしてきた。お互いの立場が変わったこともあり、尊称を付けることが幸吉自身にとって決してよくないと言う鉄五郎親方の意見もあったからだ。

だが、磐音が三年半余江戸を留守にした間に、今や幸吉は宮戸川の一人前の職人として立派に育っていた。そのことを知った磐音はもはや対等な人間として遇するべきだと考えたのだ。

「もはや呼び捨てにできるものではない。宮戸川の大事な職人衆だからな」

と磐音が応《こた》え、

「おそめちゃんが京へ縫箔《ぬいはく》修業に行くそうじゃな」

と話題を変えた。

「会われましたか」

「このところ多忙に紛れて会うておらぬ。おそめちゃんは」

と言いかけた磬音が、

「こちらもいつまでもおそめちゃんではいかんな。もはや江三郎《こうざぶろう》親方が京に修業に出すことを許すほどの女職人に成長したのじゃ。おそめさんと呼ぶのが相応《ふさわ》しかろう」

「幸吉どのにおそめさん、ですか。なんだか他人行儀で寂しいな」

「それがしは馬齢《ばれい》を重ねただけじゃが、そなた方はさなぎが蝶に育つように大きく羽ばたいたのだ。目出度《めでた》いことである」

「いつまでもおそめちゃんでいてほしい」

と幸吉が本音を洩らし、

「京は遠いのでしょうね」

と問うた。

「まさか一人旅ではあるまいな」

「若親方の季一郎《きいちろう》さんが修業した京西陣の縫箔屋だそうで、最初は若親方が一緒にという話でしたが、江三郎親方が自ら京におそめちゃんを連れていくそうです」

「ほう、呉服町の商いを季一郎どのに任せてもよいと江三郎親方が判断されたのであろう」

「はい。工芸ごとは京が本場だそうで、親方自身もおそめちゃんを送っていく機会に京の縫箔を学びたいと考えておられるそうです」

「職人は生涯修業だからな。だが、江三郎親方の立場で他人に頭を下げることなどなかなかできることではない。おそめさんはよい親方のもとで修業を積んでこられた。またそれだけおそめさんが出色の腕の持ち主なのであろう。ようも頑張ったな」

「職人の世界で女が一人前として認められるなんて、並大抵のこっちゃありませんよ。おそめちゃんはわっしの何倍も頑張った末に京行きを親方と若親方に認めさせたんです。おそめちゃんのことながら、わっしは誇らしい気分で胸が一杯でさあ」

「さすがはわが師匠の幸吉どのだ。そなたもまた立派な大人になった。そうであろう、霧子」

猪牙舟を大川へと出して両国橋を斜めに潜りはじめた娘船頭に、磐音が話を振った。

「幸吉さんとおそめさんを見習いとうございます」

霧子が控えめに答えた。

「早苗《さなえ》さんから霧子さんのことも聞いておりますよ。若先生方の旅に従い、霧子さんもすっかり変わりましたぜ」

「あら、どう変わったのかしら。齢《よわい》を重ねたということでしょうか」

「むろんだれもが一年一年歳月を重ねていくものだ、歳はとりますって。わっしが言うのは霧子さんがさ、無駄に歳月を重ねたんじゃないということですよ」

「それは褒《ほ》め言葉ですか」

「わっしの中では最上の褒め言葉です」

「ありがとう。どなたかに聞かせたい言葉だわ」

「あのお方もちゃんと分かっていらっしゃいますって。ただお武家様は目に見えない窮屈袋の中でがんじがらめにされて、素直に言葉が言えないし、動けないんですよ。大目に見てあげてくださいましな」

「ありがとう、幸吉さん。でも、あのお方の場合は、そのようなことは考えていないんじゃないかしら」

「そうでしょうかね、いささか不器用とは思いますがね」

「不器用ね」

「わっしらがもしさなぎから蝶になったのなら、利次郎様もいつの日か立派なお武家様に出世なされます」

「えっ、利次郎さんが立派なお武家様になるのですか」

「だっていつまでも小梅村に厄介《やっかい》になっているわけにはいかないでしょう」

「私はずっと尚武館で修行をしている光景しか思い浮かびません」

そっと目を伏せた霧子を見て、
ふっふっふ
と幸吉が笑ったところで、猪牙舟は神田川に入り、柳橋《やなぎばし》を潜った。すると馴染みの船宿川清《かわせい》が見えてきて、そろそろ吉原通いの客で混み合い始めた船着場に小《こ》吉《きち》がいた。

「おや、若先生、今津屋さんをお訪ねですかえ」

「小吉どの、そうではない。旧藩に時候の挨拶に伺うところでござる」

「豊後関前藩のお屋敷は富士見坂でしたな。ならば霧子さん、昌平橋《しょうへいばし》際に舟を止めなさるか」

「はい、そう考えております」

「近頃さ、無人の小舟を盗んでいく泥棒が横行してましてね、ちょいとお待ちなせえ」

小吉が霧子の櫓を止めて、

「うちの見習いを昌平橋まで乗せてください。うちの船着場まで移させておきます。いくら加門次《かもんじ》でもその程度はできましょう」

と言うと猪牙舟の掃除をしていた若い見習いに命じた。

「へえ」

ひょろりとした竹すっぽのような加門次が霧子の猪牙舟に乗り込んできて、再び櫓が動き出した。

「加門次どのか、世話をかけるな」

磐音に言われてまだ十六、七くらいの見習い船頭が、

「まだ櫓も棹《さお》もまともに触らせてもらえないんです」

といささか恥ずかしそうに磐音に応え、

「おや、お侍さんのところは女船頭ですか」

と訊いたものだ。

「霧子はわが弟子でござってな、うちでは門弟のだれもがなんでもこなすのじゃ」

「へえ、上手なものだ」

加門次が感心した。そんな様子を幸吉がにこにこ笑って見ている。

「幸吉どのが宮戸川に弟子入りしたのがつい昨日のことのようじゃな」

「光陰《こういん》矢のごとしですよ」

「何年になるか」

「さあ、何年過ぎましたかね」

と応える幸吉の態度には余裕があった。

「兄さん、宮戸川の職人さんか」

と加門次が半纏を見て幸吉に訊いた。

「そういうことだ、加門次さん」

「おれがさ、兄さんみたいに一人前になるのには、あと何回藪入りを重ねたらいいのかね」

「勘違いしないでくんな。わっしはまだ宮戸川では半人前だ」

「えっ、半人前か」

「加門次さん、割《さ》きは三年、蒸し八年、焼きは一生って言葉がある。蒸しをなんとか親方の見よう見まねでこなせるようになったばかりだ」

「幸吉さん、早苗さんが言っていたわよ。店が忙しいときには親方と並んで焼きを手伝ってるんですってね」

「叱られてばかりですよ。親方には、おまえの焼きじゃ、鰻様が成仏できねえと怒鳴られてばかり」

「なんでも容易じゃないんだ。小吉さんも、棹は三年櫓は三月《みつき》というが、棹も櫓も一生って言っていたもんな」

「ああ、どんな技でも習得するとなると一生涯かけなきゃ得られないものだ。そうですよね、若先生」

幸吉が磐音に話を振った。

「若先生って、なんの先生ですかえ」

加門次はなんでも興味を示して磐音に尋ねた。

「加門次の兄さん、生まれはどこだえ」

とがねえか」
「三河島村《みかわしまむら》だ」
「東叡山寛永寺《とうえいざんかんえいじ》の北外れか、江戸の内のようなもんだ。尚武館道場って聞いたこ
「剣術か、縁がねえ」
「正直だ。西の丸徳川家基様の剣術指南って言っても分からないか」
「知らねえ。家基様って将軍様の親類か」
「加門次の兄さんは知らない尽くしだな。ともかく若先生は神保小路の尚武館
佐々木道場の跡継ぎでよ、剣をとっては天下一のお方だ」
　幸吉がいささか誇張して加門次に言ったが、
「へえ、そうかい。おれが知っている剣道場はよ、木挽町河岸《こびきちようがし》でよ、起倒《きとう》流の鈴《すず》
木清兵衛《きせいべえ》って先生の大道場だけだな。なんでも門弟三千人だそうでよ、たしかに
道場は大きいがよ、いちどきに三千人が稽古できんのかね」
　と加門次が首を傾《かし》げた。
「江戸起倒流の鈴木清兵衛って侍は直参《じきさん》旗本だそうだが、道場まで開いているの
か」
　と幸吉がだれとはなしに訊いた。

「旗本だかなんだか知らないが、威勢がいいぜ。こちらの若先生の道場の門弟の数は何人だ」

加門次に問い返されて幸吉が返答に困った顔をした。

「つい最近まで二十人ばかりであったが、近頃何人か入門者があったで、一応名札の数は四十人かのう」

と磐音がのんびりと答えた。

「四十人か。三千人の足元にも及ばないな。若先生、少し起倒流を見倣ったほうがいいんじゃないか」

「加門次どのの言われるとおりじゃが、蟹《かに》は甲羅《こうら》に似せて穴を掘ると申すからのう。うちはこれくらいがちょうどよい」

「欲がないな」

霧子がにこにこ笑いながら櫓を進め、いつしか新シ橋《あたらばし》、筋違橋《すじかいばし》を潜って昌平橋の船着場に接近していた。

「加門次さんよ、猪牙を預けていいんだね」

「大丈夫だって、兄さんの蒲焼程度には櫓も棹も扱えるよ」

と急に胸を張った加門次に霧子が、

「お願いします」

と櫓を預け、棹を巧みに使って猪牙舟を船着場に寄せた。

幸吉がまず風呂敷包みを船着場に上げ、自分も跳び移った。

霧子は、足元に畳んで置いてあった宮戸川の半纏を羽織って、磐音が舟を下りたのを確かめ、最後に舟を離れた。

「よしと」

と言いながら加門次が神田川の流れの中で方向を転じようと試みた。だが、方向を転じるどころか、猪牙舟は対岸に吸い寄せられるように向かって舳先をぶつけた。

「加門次さん、流れに逆らっちゃだめよ」

「姉さん、この猪牙よ、おれの言うこと聞かないぜ」

「ならば棹も櫓も使わずに黙って乗ってなさい。猪牙が連れて行ってくれるわ。川清が見えてきたら、仲間の船頭に助けてもらいなさい」

「どやされるよ」

と加門次の声が慌てた。

「そうやって舟の漕《こ》ぎ方を覚えていくのよ」

磐音は宮戸川の奉公人二人を連れた体《てい》で、若狭《わかさ》小浜《おばま》藩酒井《さかい》家の江戸屋敷と丹波《たんば》篠山《ささやま》藩青山《あおやま》家の上屋敷の間を通って駿河台《するがだい》富士見坂へと向かった。

「若先生、お屋敷ではだいぶ長くかかりそうですか」

幸吉が訊いた。

「はて、相手様次第じゃな。まあ、旧藩ゆえ門前にて断られるということはあるまいがな。遅くなるようなれば幸吉どの、先に帰ってもろうても差し支えござらぬ」

「そんなことしたら、親方にどやされますよ。本日は最後までお供しろって命じられてきたんですから」

「それは気の毒じゃな」

「訊いていいですかね、若先生」

「そなたはわが師、師弟の間柄は生涯変わらぬものじゃ。師が弟子に問い質《ただ》すになんの遠慮がいろう」

「出てくるとき親方が、若先生の親父様にと言われましたな。親父様は豊後関前藩のお国家老様ですよね」

「いかにもさようじゃ」

「過日もうちが若先生のお袋様に鰻を届けたっけ。関前藩の国家老夫妻が江戸に出てきてさ、なぜ江戸藩邸にお入りにならないんです」

「嫁や孫と過ごしたいからではないか」

「ちぇっ、若先生、この幸吉と何年の付き合いなんだよ。水臭いじゃねえですか」

　幸吉が昔に返った口調で言った。

「幸吉どの、それがしが話すことはそなたの胸に仕舞《しも》うておいてくれぬか」

「分かったぜ」

「またぞろ豊後関前藩で騒ぎが起こってな、父は殿の御命で密かに藩船に乗って江戸に入られたのじゃが、相手方はわが父の話を聞くどころか、勾引してさる場所に閉じ込めておった。それを霧子らの手伝いで無事に救い出したところなのじゃ」

「そのようなことが起こっていたのか。どうりで霧子さんの顔が緊張していらあ。するってえと、若先生はこれからうちの鰻を持って掛け合いですか」

「相手の出方を見る、そんなところかな」

「昔からさ、坂崎磐音様の行くところ平穏だった例《ため》しがねえや。武者震いがしてきたぜ」

「なにも幸吉どのに戦《いくさ》をと願うてはおらぬ」

と磐音が長閑に応じたところで駿河台の三俣《みつまた》に差しかかった。

四

磐音ら三人は豊後関前藩江戸屋敷の門前で半刻《はんとき》（一時間）あまり待たされていた。

門番の何人かは磐音が国家老の嫡子《ちゃくし》と承知していた。ために気の毒そうな顔をしたが、奥から命を受けているらしく、

「しばらくお待ちくだされ」

と繰り返すばかりで、磐音の訪《おとな》いが奥に通ったかどうか判然としなかった。

たまたま外から戻ってきた家臣の一人が、

「坂崎先生ではございませんか」

と声をかけてくれた。

神保小路に尚武館佐々木道場があった時代、しばらくの間、稽古に通ってきて

いた内村一秀《うちむらかずひで》という家臣だった。

「おお、内村どのか」

「どうなされました」

「いや、久しぶりに江戸に戻り、ようよう暮らしも落ち着きましたでな、お代の方様にご挨拶に出向いたところです。むろん約定《やくじょう》があってのことではないゆえ、面会は叶わぬこともあろうかと存じ、せめて留守居役兼用人に就かれた中居半蔵様にお目にかかり、辞去しようと思うて最前から待っておるのでござるが」

内村が門番に、

「取り次いだのであろうな」

と念を押した。

「はっ、はい」

「なぜ奥からだれも出向いてこぬのじゃ」

「それは、私どもの催促に、ただ待ての繰り返しにございまして」

と困惑の様子で応じたものだ。

「坂崎先生、それがしが留守居役の中居様にお目にかかってみます。しばしお待ちくだされ」

内村が門番に命じて門内にまで磐音らを入れるよう図ってくれた。

「真《まこと》に有難い。よしなにお願い申す」

磐音は頭を下げて待った。

門外から関前藩の敷地の様子は窺《うかが》えなかった。が、門内に入れてもらったお陰《かげ》で、玄関前の右手にあった物産所の仕分け場が見えた。

新造船の明和三丸が佃島沖に到着し、海産物の荷下ろしが終わったばかりというのに、物産所は雨戸が閉《た》てられて森閑《しんかん》としていた。それに屋敷全体の雰囲気が荒《すさ》んで、緊張感が漂っていた。

内玄関に呉服屋の番頭らしき男が手代を従えて姿を見せて、送りに出てきた家臣に、

「毎度お買い上げくださり、真に有難うございます」

と丁重に頭を下げた。すると磐音が見知らぬ家臣が番頭の耳に口を寄せ、何事か囁いた。

「園田《そのだ》様、何時なりともお店にお立ち寄りくださいまし。お約束のものは用意しておきますでな」

と平然と答えたものだ。

園田某《なにがし》は奥向きと思える呉服屋の番頭の世話をして、なにがしかの金品を受け取っているらしい。そのことが嫌らしいほど卑屈な笑みに推測できた。

そのとき、式台に中居半蔵が姿を見せ、

「坂崎磐音先生、手違いがあって待たせたようじゃな」

と手招きした。すると内玄関に呉服屋の番頭と手代を送りに出ていた園田某が、
はっ
とした様子で急ぎ奥へと姿を消した。

磐音らと呉服屋の番頭らは内玄関に延びた石畳の途中ですれ違い、

「おや、尚武館の若先生ではございませんか。おこん様はお元気にございますか」

おこんを承知の様子で尋ねてきた。

「息災《そくさい》にしておる」

なにかさらに問いかけようとした番頭を門番が、用事が終わったならば、すぐに立ち去れというふうに急《せ》かした。

磐音は苦笑いすると内玄関に近寄った。

「いつから待っておった」

「半刻ほど前から門前で待っておりました」

　中居半蔵は舌打ちして、

「内村が御用部屋に姿を見せるまでなんの連絡もなかったのじゃ」

「お代の方様にご挨拶したいと門番どのに用向きを伝えましたところ、面会が叶いそうにないとのことで、では中居半蔵様にお目にかかりたいと申し上げたのです。中居様、そのことより関前から船が着いたにも拘《かかわ》らず、物産所を閉めておられるのはどういうことです」

　磐音が声を潜めて訊いた。

「あれか、それがしの後任がなかなか決まらんでな。折角関前から物産が届いても深川佐賀町の蔵屋敷に山積みになり、滞《とどこお》っておるのじゃ。つまりは鑓兼様の差し出口で品定めと入札が行われんのだ」

　半蔵が苦々しく吐き捨てた。

　豊後関前藩は荷揚げした物産を一時保管する蔵屋敷を深川佐賀町に設けている。それもこれも関前藩の事業が順調に拡大していることを示していた。

「ただし長崎口の荷だけは、江戸家老どのの指図で札差伊勢屋《ふださしいせや》の蔵に運び込まれたそうな」

と応えたとき、奥から戻ってきた園田某が姿を見せて、

「中居様、お代の方様が坂崎様にお目にかかると仰せでございます」

と告げた。

「園田、そなた、この御仁が何者か知らぬわけではあるまい。門外に長々と待たせてよきことかどうかの判断くらいつかぬのか」

「呉服屋が来ておりまして、お代の方様が反物をお選びにございましたゆえ、坂崎様の訪問を伝えられなかったのでございます」

「ふん、国家老様の嫡男であり、関前藩の財政立て直しの功労者を、わが屋敷ではそのような扱いをなすか。よかろう、よい機会である。それがしが坂崎磐音をお代の方様のもとへ案内《あない》しよう」

「中居様、それは困ります」

園田某が困惑の顔で言った。

「お代の方様がお会いになるのは坂崎様お一人のみ、面会は短くせよ、との命《めい》にございます」

「久方ぶりに面会に訪れた功労者になんとも冷たき仕打ちじゃな。いや、やはりそれがしが磐音ともどもお会いしよう」

「中居様、それは困ります。お代の方様よりくれぐれも申し付けられました」

「江戸家老どのからではないのか」

園田某と中居半蔵の押し問答を見た磐音は、

「中居様、それがし、お代の方様にご挨拶をした後、中居様の御用部屋に赴《おもむ》きます。それでよろしいかな、園田どの」

と願うと、園田某はほっとした表情で頷いた。

「幸吉どの、風呂敷包みを頂戴しよう」

磐音は玄関先で備前包平《びぜんかねひら》を抜いて右手に提げ、風呂敷包みを左手で持った。

「中居様、この二人をどこぞに待たせてもらえませぬか。お代の方様が召し上がると仰せられるならば台所を使わせてもらい、温め直す心積もりで二人を伴いましたでな」

「それがしの御用部屋に連れていく。それでよかろう」

半蔵が園田某に言い聞かせるように言うと、

「内玄関から上がれ」

と幸吉と霧子に命じた。

その間に磐音は園田某に連れられて、勝手知ったる関前藩の江戸屋敷を表から奥へと向かった。家臣たちが詰める御用部屋から磐音に無言の挨拶を送ってくる者や、見ないようにしている家臣の困惑の視線を感じながら奥へ通じる廊下に差しかかった。するとそこに関所のような門が設けられており、若侍が二人待機していた。磐音が全く知らない門だった。

「これは」

「奥廊下とのお錠口《じょうぐち》にございます」

「表と奥がかように仕切られたのはいつの頃からかな」

「坂崎様、それがしは存じませぬ」

磐音はお錠口を越えた。

お錠口とは、千代田城御鈴《おすず》廊下の中奥と大奥を仕切る入口の呼び名だ。なんとも不遜な名を付けたものだと磐音は呆《あき》れた。

奥の建具や調度は磐音が知る時代よりも華美に飾られ、一新されていることに気付かされた。どれも南蛮渡来《なんばんとらい》の家具調度と思えた。また庭も始終庭師が手入れに入っているのか、なんとも見事な剪定《せんてい》がなされ、梅や桜の木々の数が増えていた。

「お代の方様は離れ屋におられます」

園田が庭の一角にある離れ屋を指し、自慢げに伝えた。

「それがしの知る離れ屋は数寄屋《すきや》造りであったがな」

「渋い造りゆえ、お代の方様のお望みで、明るうて華やかな異国風の造りの離れ屋を新築なされました」

渡り廊下に足を踏み入れると、園田某がお静かに願いますとわざわざ命じた。

離れ屋入口にも侍女ら二人が控えており、

「坂崎様、お持ち物を改めさせていただきます」

と願った。

さすがの磐音も驚いた。

もはや藩を離れて十年余とはいえ身元は知れていた。豊後関前藩の立て直しを手掛けた功労者であり、藩主の実高が家臣の前で、

「中興の祖」

と言って憚《はばか》らぬ国家老坂崎正睦の嫡子であった。その者の持ち物を調べるというのだ。

(再び関前藩に暗雲が漂っている)

と改めて意識した磐音は、黙って右手の備前包平を差し出した。

「お預かりいたします」

「刀を預かると申されるか」

「決まりにございます。して、この風呂敷包みは」

　さらに侍女が訊いた。

「お代の方様好物の宮戸川の鰻の蒲焼、白焼きにござる」

「中身を拝見」

　侍女が風呂敷包みに手をかけた。

　磐音はいつの頃からかような仕来りが始まったか、不快を面《おもて》に出さぬように、相分かった、と渡した。

　侍女が風呂敷包みを解くと桶《おけ》が見えて、中に並べられた白木の器の蓋《ふた》を一々開けて調べた。

「箸《はし》を持ちや」

　と侍女が下女に命じた。

「侍女どの、箸で食べ物を探ると言われるか。お代の方様に召し上がっていただきたく、かように持参したものじゃ。このままお代の方様にご披露《ひろう》願えぬか」

「なりませぬ」

にべもない返事が返ってきた。

磐音は鉄五郎親方の厚意を無にする行為に怒りを覚えた。そのとき、

「ふね、坂崎磐音はわらわがよう知る人物、通しや」

と離れ屋の座敷から声がかかった。

「されど、ご家老様の命にございますが」

「よい」

お代の方の懐《なつ》かしい声に、磐音は風呂敷を畳むと懐《ふところ》に入れ、桶を両手で捧げ持って侍女に従った。磐音は緞通《だんつう》を敷いた廊下に座すと、桶をかたわらに置き平伏した。

「お代の方様、お久しゅうございます」

「磐音か、江戸を不在にしておったそうな」

「仔細《しさい》あって一家で流浪の旅に出ておりました」

「面を上げよ」

磐音は許しを得て、声の主に向き合った。十畳の座敷に上段の間が設けられ、そこにお代の方が、そして、その背後に壮年の武家が控えていた。

磐音は江戸家老鑓兼参右衛門かと察したが、視線はお代の方に向けて、

「お代の方様、息災のご様子に坂崎磐音、安堵いたしましてございます」

と言ったが、お代の方のあまりの変わりように磐音は驚きを隠しきれなかった。

磐音が知るお代の方は、実高のかたわらで慎ましやかな暮らしぶりに満足しておられる奥方であった。

だが、上段の間から見下ろすお代の方の髪には、吉原の花魁《おいらん》と見紛《みまご》うほどの櫛《くし》笄《こうがい》の飾りものがこれでもかこれでもかと飾り立てられ、真っ赤な紅が唇に刷《は》かれていた。そして、きらびやかな打掛《うちかけ》が派手な小袖《こそで》の上に羽織られていた。なにより顔が磐音の知るお代の方ではなかった。歳月を重ねて顔に卑《いや》しさが漂っていた。

（どうしたことか）

隣座敷では、女中が数々の反物を広げて見立て、すでに針子たちが裁断を始めていた。最前、玄関先で会った呉服屋が置いていった反物であろう。

（この反物はすべてお代の方様のものであろうか）

十年余前、藩を二分したお家騒動の後、多額の借財を抱え、実高、お代の方の藩主夫妻でさえふだんの食事は一汁一菜であった。

実高もお代の方もまた節季節季どころか何年も衣装を誂《あつら》えるなどなかったもの

だ。そうして藩を挙げ、借財を返済してきたのだ。

それがどうしたことか、と磐音は言葉を失いかけた。

「坂崎磐音、そなたら、尾張名古屋から紀伊領内に潜んでおったようじゃな」

「お代の方様、ようご存じにございますな。あてなき旅ゆえ、あちらこちらを宿りにしておりました」

磐音はあっさりと受け流し、

「お代の方様が宮戸川の鰻が好物であらせられたことを思い出し、本日は持参いたしました」

「それは気遣いさせたな。じゃが近頃、鰻など脂ののったものより白身の魚などが口に合うてな」

と磐音に返答したお代の方が、

「ふね、頂戴《ちょうだい》ものを台所に下げや」

と命じた。すると侍女がお代の方に見せようともせず桶ごと下げようとした。

「侍女どの、後日、器を頂戴に伺います」

「なに、贈り物の器を返してくれと申されるか」

「桶、器は鰻処宮戸川の商売ものの器にござれば、ぜひお返しを」

「面倒なことよのう」

と言い残した侍女がさっさと桶を運び去った。

「坂崎どの、いささか尋ねたき儀がござる」

お代の方の背後に控えていた継裃《つぎかみしも》の武家が磐音に問いかけた。

「そなた様は」

「関前藩江戸家老鑓兼参右衛門じゃ」

「お初にお目にかかります。坂崎磐音にございます」

「そのほう、関前藩の家臣であったそうな」

「そなた様が関前藩家臣となられる以前にございます」

と応じた磐音が鑓兼を見返し、尋ねたかろうことを無言で催促した。

「訝《いぶか》しいことを耳にした。そなたの父、国家老の坂崎正睦様がこの江戸におられるとか」

「それはそれは、江戸家老どの、先刻ご承知のことと存じましたが」

「国家老は関前城下にありて藩政を見守るのが務めにござろう。それを藩船に乗って江戸に密行してくるなど、国家老のやるべき所業ではござらぬでな」

「磐音、まさかそのようなことが、坂崎正睦が江戸におるなどあるまいな」

とお代の方が慌てた。

「お代の方様、いかにも父正睦、藩の新造船明和三丸に乗り込み、江戸の内海の佃島沖に到着してございます。むろんかような行動は藩主実高様の命あってのことにございます」

「なに、殿の命で正睦がこの江戸にとな、何用あってのことか」

「お代の方様、その理由ならば、江戸家老どのにお尋ねくださりませ。藩邸に入った父に一服盛って眠らせ、この屋敷近くの某所に拘禁したのは鑓兼様にございましたな」

「なにを言うか」

「父は小梅村の尚武館坂崎道場の母屋にて元気に暮らしておりますれば、後日、なにゆえ出府したか、江戸藩邸に罷《まか》り越してご説明申しあげる所存にございましょう。お代の方様、本日はこれにて失礼仕《つかまつ》ります」

座敷にも通されなかった磐音は、腰を屈《かが》めてすすっと廊下を下がると、

「侍女どの、わが差料《さしりょう》を」

と備前包平の返却を求めた。だが、控えの小部屋前にいたのはふねではなく別の侍女で、

「五、六年前になるか、お代の方様が女子《おなご》特有の体の変化にさしかかられた。医師に訊くと閉経の女子は気持ちが落ち着かなくなり、体に火照《ほて》りがあらわれたり、人によっては体の変化に心が追いつかなくて、なかなか苦労するそうな。お代の方様も閉経後の心身の不安定で悩まれた。むろん医師からあれこれと薬を処方してもらい飲んでおられたが、どれもすぐには効き目がなくてな。そんな折り、殿が参勤下番《かばん》で関前に戻られることになり、奥方様は、わらわも一緒に関前に行きたいと訴えられたそうな。だが、徳川幕府の触《ふ》れに反して、正室を国許に伴うことなど許されようか。殿もあれこれと大名家の置かれた立場や世間の理《ことわり》を説かれ、江戸を出立なされた。それがしは江戸藩邸に残っておったで、しばしばお代の方様を見舞うたり、話のお相手を務めた。また医師の助言で湯治《とうじ》を勧めてみた。だが、なかなかうんとは返事がない。そのような折り、鑓兼参右衛門もそれがしと同じように伊香保《いかほ》か草津《くさつ》の湯治を勧め、気分を変えられてはとお代の方様に願うておった。箱根《はこね》、熱海《あたみ》では幕府からどのような誤解を受けるやもしれぬでな」

徳川幕府のもとでは、

「入り鉄砲出女《でおんな》」

は厳しい禁令だった。

つまり大名家の正室は江戸屋敷に常住するのが決まりごとだ。西国の藩主が国許へ下向した直後に、正室が熱海や箱根に湯治に向かっては、あらぬ誤解を招きかねない。そこで伊香保か草津に、

「病治療」

の名目で医師の診立《みた》てを添えて大目付に届けを出し、許しを得た後、草津への湯治に出たという。

「その湯治にな、道中の警護頭として鐺兼が同道したのだ」

「お代の方様が望まれたことにございますか」

「いや、鐺兼自らが前《さき》の江戸家老望月弘文《もちづきひろぶみ》様に、それがしが奥方様の湯治道中の警護役を務めたいと願い出たそうな。望月様は、もはや隠居を間近に控えて、お代の方様の無理難題に付き合いとうなかったか、すぐに許しを出された。いや、それがしとて、格別に差し障《さわ》りはあるまい、鐺兼がそのお役目を引き受けてくれるならば、とほっとした記憶がある」

「湯治で病は快方に向かわれましたか」

「湯治は三月《みつき》あまりに及んだ。その間の転地療養が効を奏したか、湯治がお代の方様のお体を変えたか、お気持ちも安定された。正直、三月後にお屋敷に戻られ

たお代の方様は別人のようにお顔の色艶《いろつや》もよく、食欲も江戸を出る前より増しておられた。それは医師もびっくりするほどでな、家中全員がお代の方様の病平癒《やまいへいゆ》に驚いたり、喜んだりした。その頃のことか、それがしは関前の殿にお代の方様の快復を早飛脚で幾たびかお知らせしたことがある」

と半蔵が言葉を切り、しばし記憶を辿《たど》るように沈思《ちんし》した。

「磐音、そなたには説明の要もないが、豊後関前藩には大きな懸念がある」

「お子がおられぬことですな」

「いかにもさよう。実高様が藩主に就かれたのが十五年も前のことか。以来、お世継《よつ》ぎのことは重臣方を悩ませてきた。殿に言上しても、しばし待て、考えがあるとのことで、それ以上申し上げられずにきた。それがしの勝手な推測じゃが、お子が生まれなかった原因はお代の方様にあったのではないか」

「なにか確かな証《あかし》があることでございますか」

「ああ、藩医の岩国草玄《いわくにそうげん》どのより、殿に側女《そばめ》をと進言されてみてはと耳打ちされたことがある。お代の方様が閉経にいたり、いささか気持ちが揺らいだのも、それと関わりがあることやもしれぬ」

もはや旧主の内密を口にする立場に磐音はない、黙しているしかなかった。

「夏の頃合いであったか、関前から藩船が到着し、殿の書状がお代の方様に届けられた。その直後のことだ、お代の方様の様子が再びおかしくなり、目が胡乱《うろん》になったのは」

「殿の書状になんぞ記されてあったのでしょうか」

うーむ、と中居半蔵がうなって、すぐには磐音の問いに応えなかった。

「あとで分かったことじゃが、殿の書状には格別なことは記されていなかったそうな。関前でのふだんの日々が淡々と記されてあり、お代の方様の体調を気遣うものであったそうな。だが、お代の方様の様子が湯治前に戻られた、いや、感情の高ぶりは前以上に激しいものであった」

半蔵は再び言葉を切った。より記憶を正確にと思い出している表情が磐音にもわかった。

「藩医の岩国草玄どのも、なぜ急にぶり返したかと頭を抱えておった。そして、その頃からお代の方様が鐔兼を信頼すること著《いちじる》しゅうなった。なんにつけても鐔兼はおらぬか、参右衛門を呼べとの言葉が多く発せられるようになり、当初われらは鐔兼が貧乏くじを引いてくれたわ、と感謝したほどであった。そんなわけで少しずつ少しずつ、お代の方様と鐔兼が一緒にいる機会が多くなった。そんな折りのことだ、お代の方様付きの女中から意外なことを聞かされた」

「それはまたどのようなことで」

「国許におられる実高様が若い側室を迎えられたことを、お代の方様がひどく気にかけておられるというのだ」

「ほう、実高様に側室が」

磐音はお代の方の反応以前に、実高が側室を持った気持ちの変化に驚かされた。福坂実高は大名の中でも稀有《けう》の人物かもしれなかった。磐音の知るかぎり、

「側室はいらぬ、予《よ》にはお代がおればよい」

と、側近たちがどれほど側室を勧めても断ってきた。それは多大な借財を抱える関前藩の財政を藩主の実高が気にかけて、側室などと言い出せなかったのではないか、と大半の家臣が推測していた。

磐音も中居半蔵も、実高が若い側室を得たことをお代の方が知って狼狽《ろうばい》した真の事情を察していた。それは豊後関前藩の触れてはならぬ秘事、世継ぎのないことに原因があったのだ。

磐音は内心、父の密やかな出府にはそのことが隠されているのではないかと考えていた。

「それにしても国許に若い側室がいることが、どの筋からお代の方様の耳に届けられたか、それがし、訝《いぶか》った」

「鑓兼の腹心から知らされたことにございましょうな」

「磐音、そこじゃ。事を聞き知った鑓兼の腰巾着《こしぎんちゃく》の納戸《なんど》方藤間《かたふじま》次五郎《じごろう》が鑓兼に知らせ、それを鑓兼がお代の方様に知らせただけのこと、と当初考えられた」

「事実は違いましたので」

そうなのじゃ、と中居半蔵が腹立たしげに頷いた。

「実高様の側室じゃが、城下関前広小路の呉服屋肥前屋《ひぜんや》卯右衛門《うえもん》方の次女で、お玉《たま》という二十一になる女であった。それがしに覚えはないが、広小路の三小町と呼ばれるほどの美貌の持ち主でな、このお玉が藩主家の菩提寺《ぼだいじ》大照院に参った折り、偶《たま》さか立ち寄られた実高様のお目に留まったと関前から伝わってきた。じゃが後に、当時国許にいた藤間次五郎がお玉を大照院に呼び、実高様にお目通りさせたのが真実ということが判明した。このようなことはそなたの父上、国家老の正睦様が調べさせて分かったことじゃ」

「中居様、藤間の企ての背後には鑓兼参右衛門が控えているようにも聞こえますが」

「磐音、そう申しておる」

「側室のことをお代の方様はご存じなかった」

「ご存じなかったようだ。ゆえに狼狽なされた」

「鐺兼参右衛門はなにを企んでのことか」

「鐺兼は、初老へと差しかかったお代の方様の複雑な女心を弄《もてあそ》び、殿とお代の方様が離反する策をあらかじめ藤間に命じておったと推測された」

「父は見逃されておりましたか」

「当初、実高様にお玉なる側室ができることを喜ばれたそうな。これまでお代の方様ご一人《いちにん》で過ごされてきたのだからな。ために国表の奥方とすべくお玉を寄合草野《くさの》源吾《げんご》左衛門《ざえもん》の養女としたのち側室に上げたのだ。そのような事実を踏まえて、関前からあれこれとお玉と実高様の仲睦まじい様子が江戸にもたらされ、すべてお代の方様の耳に届けられた。家臣一同、主家の内々《うちうち》のことゆえ、つい手を拱《こまね》き、遠慮したということも、お二人の信頼の絆《きずな》が損なわれた一因であったろう」

「中居様、鐺兼は最初からお代の方様に狙《ねら》いを定め、実高様との睦まじい仲に離反を招いて、籠絡《ろうらく》したということでしょうか」

「まあ、家中で不穏当な噂《うわさ》が流れておるのもそれがしの耳に入った。じゃが、お代の方様はそこまで愚かではあるまい。のう、磐音」

中居半蔵の問いかけに磐音はなにも応えられなかった。

「お代の方様は鐵兼の術中に落ちて、今日は花見、明日は芝居見物と、だんだん外出の機会が多くなり、衣装も若い女人《にょにん》が着るような派手なものに変わり、髪の飾りも日に日に増えていかれた」

「参勤上番で江戸に来られた実高様は驚かれたのではございませんか」

「本来ならばお体が快復なされたことに言及なされるべきであったろう。じゃが、つい派手な衣装や櫛笄に目がいき、奥に通られたとき、叱責《しっせき》なされたそうな。前に参勤上番で出府された折りのことじゃ。するとお代の方様が手厳しく反論なされたとか、その場にあった女中から聞いたことじゃがな、お代の方様は国表にある若い側室について詰《なじ》られたというのじゃ」

「なんということが」

磐音が知る実高とお代の方はなんとも仲睦まじい夫婦であった。

「そなたも承知のように実高様は心優しい殿様じゃ。ためにお代の方様の反論にあまりお応えにならなかったそうな。家臣や女中の前でお代の方様の身なりに触れた自らを悔い、反省されておられたのであろう。じゃがな、磐音、あれほど仲夫婦仲はあのようにも急速に冷めていくものか。お二人が会われるのはお代の方様が何事か頼みごとをされるときだけじゃ。実高様はもはやお代の方様の言いなりでな。時にそれがしに会うと、磐音に会いたいのう、と訴えられるようになられた」

「お労《いたわ》しいことにございましたな」

「磐音、それがし、何度かそなたに会おうと考えた。だがな、その矢先、そなたらにも大きな奇禍が見舞うてしもうた」

「西の丸家基様の急死にございますな」

「いかにもさようだ。一大名家の内情よりも大きな難題に見舞われ、そなたの養父母佐々木玲圓様とおえい様は殉死をなされた。天下の一大事、豊後関前藩の内政どころではない。そなたは大嵐のただ中にあった」

　磐音はただ黙って聞くしかなかった。

「そのうち、尚武館佐々木道場は老中田沼意次様の命でお取り潰しになり、拝領地も召し上げられた。ついにそなたはおこんさんを伴い、三年半余におよぶ何処《いずこ》へとも知れぬ旅に出て、江戸から消えた」

「中居様、坂崎磐音、慚愧《ざんき》に堪《た》えませせぬ」

「それがしの言うておることが無理難題なのじゃ。われらが、藩を十年以上前に離れたそなたに頼ろうとするのが間違いなのじゃ。分かっておる」

と半蔵が慨嘆《がいたん》した。

「もう少し、愚痴を聞いてくれぬか」

磐音は黙って頷いた。

「この四年あまり、殿が国許の関前に戻っておられるときだけが、江戸藩邸が平穏な日々であった。だが、今になって考えてみると、それは大事の前の静けさであったやもしれぬ」

「さようでございますな」

「なにせお代の方様は鑓兼参右衛門の言うことしかお聞きにならず、藩政に口出しなされて長崎に藩屋敷を設け、長崎口の到来物を関前経由で江戸に運び込むことまで始められた。ついには隠居した望月江戸家老に代わって、鑓兼家の婿養子が豊後関前藩の江戸家老に出世した。これらはお代の方様が直に実高様に申し込まれ、実高様が許しを与えられたことだ。この数年の実高様には、十年前の宍戸文六専断政治の折りに見せられた気概は見当たらなかった」

「なんということでございましょう」

「なんでございますな」

「乾物問屋の若狭屋が、深川佐賀町の蔵屋敷に入れられた海産物や乾物をできるだけ早く売りに出したいと言うてきたのじゃ。だが、それがしの後任、物産所組頭が決まらぬで、作業が頓挫《とんざ》しておる」

「どういうことですか」

「それがしの後任として、江戸家老どのは自らの腹心の沼袋武一郎《ぬまぶくろぶいちろう》を内々に指名した。じゃが、先任たるそれがしとしては、藩物産所組頭は、物産事業に長年携わって事情を知った者でなければならぬと思うておる。それだけは譲れぬでな、ただ今つば競《ぜ》り合いの最中なのだ」

「中居様の推挙される後任はだれでございますな」

「そなたも承知の稲葉諒三郎《いなばりょうざぶろう》じゃ」

「稲葉どのならば物産事業のすべてを承知の苦労人、適任かと存じます。それで若狭屋どの方はどのように言うておるのです」

　藩物産所始動のときから、関前藩の物産の大半を買い取ってきたのは魚河岸の乾物問屋の若狭屋だ。この若狭屋に口を利いたのは今津屋である。それだけに、関前藩とて若狭屋の力を無視するわけにはいかなかった。

「むろん稲葉が適任と思うておる。沼袋など国許の事情もさることながら、商いのなんたるかも全く知るまい」

「中居様、今一つ伺います」

「なんじゃな」

「長崎から仕入れた荷だけはどこぞの蔵に運び込まれたと最前申されましたな」

「江戸家老どののもさすがに手蔓がないゆえ、苦労しておるようじゃ。それでもこたびの明和三丸の荷はこちらに持ち込まれておらぬ。札差伊勢屋六三郎《ろくさぶろう》の空き蔵に運び入れたところまでは確かめた」

磐音はしばし沈黙した後、

「中居様、行動のときかと存じます」

と半蔵に促した。

「どうせよというか」

「まず若狭屋に参って事情を話し、明日にも物産の乾物、海産物の見立てをしてもらい、若狭屋どののらに売り渡すことです」

「それがし、もはや物産所組頭ではないぞ」

「未だ後任の組頭どのは決まっていないのでございますな」

「最前も言うたように江戸家老派と睨み合いの最中だ」

「前任者の特権で早々に商いを進めることです。滞らせては商いの機を失い、売り値が安くなりましょう」

「江戸家老どのが反対しような」

「江戸家老と国家老の職階、上位は国家老にございます」

「坂崎正睦様に立ち会うてもらうと申すか」

「もはやそのときでございましょう」

しばし沈思した中居半蔵が、

「よし」

と自らに気合いを入れて立ち上がった。

二

春の宵《よい》、磐音と中居半蔵は富士見坂の豊後関前藩江戸屋敷を出ると、武家地を東に、昌平橋へと下った。そんな二人には藩邸を出たときから複数の尾行者が従っていた。

だが、磐音も半蔵も気にかけることはなかった。すでに戦いの宣告がなされ、全面戦争がいつ起こっても不思議ではない。だが、その戦いは藩邸内で密かに行われなければ、両派にとって意味はなかった。

幕府が豊後関前藩の内紛を知ったとき、そして、内紛の原因が藩の物産事業であり、その物産に長崎物が含まれ、多額の利益を得ていることが城中に知れれば、

「領内の物産」

として黙認されてきた藩物産事業に、幕府大目付か勘定方の調べが入ることは十分に予測された。徳川幕藩体制下、各大名家の至高の目的は、

「幕藩体制の護持」

であり、ために武家の本分の、

「武芸の練磨」

に努めることであって、商いに精を出し、多額の利を得ることではないからだ。ましてや物産事業を隠れ蓑《みの》に阿片の抜け荷、江戸での密売など論外であった。

つまり両派にとって関前藩の内紛が知られること自体、自滅を意味した。だが、十年余前のお家騒動と異なり、こたびの争いを特徴づけているのは、江戸家老鑓兼参右衛門の暗躍であり、その鑓兼が老中田沼意次の、

「手勢」

であることだ。田沼意次にとって真の目的は、次期将軍の有力候補であった徳川家基を支持し、

「幕政改革」

を夢見た一派の残党、その中心的な人物、尚武館佐々木道場の後継にして、尚武館坂崎道場を小梅村に開いた坂崎磐音を完膚なきまでに潰すことにあったのだ。

両派の内紛が外部に知られないことでは同じだが、鑓兼一派の背後に田沼意次、意知父子が控えている以上、戦いには最初から大きな、

「力の差」

があると考えられた。

「中居半蔵様、ちとお尋ねしたきことがございます」

「なにか」

磐音は灯《あか》りも点《つ》けずにひたひたと武家地を昌平橋へと下りながら、半蔵に訊いた。

「父の出府は極秘事項にございますな」

「今頃なんじゃ、言うまでもあるまい。正睦様に出府を願うたのはこの中居半蔵

じゃ。それがし以外で事前に承知していた者はおらぬ」

「殺された陰監察の石垣仁五郎どのにはいつ知らされました」

「明和三丸に潜んでおられた正睦様をわれら、船が到着した翌日の夜にお迎えするはずであった。だが、同船していた隠れ鑓兼一派のだれぞからの連絡《つなぎ》を得た敵方が、われらを出し抜きおった。その時点でそれがしは石垣仁五郎を呼び、なんとしても正睦様に張り付いて見張れ、と命じたのじゃ。ゆえに陰監察でさえ、そのとき、国家老の出府を知ったことになる」

「それがし、訝しゅう思うことがございます。鑓兼一派は父を拉致《らち》したとき、なぜしかるべき場所で殺害しなかったか、そのことにございます」

「磐音、そなたの父御は昼行灯《ひるあんどん》様と評判の御仁じゃぞ。昼間から居眠りをなされているようで、その実、物事の本質を深く考えておられる。そのお方が江戸出府を決断されたのじゃ。なにも布石を打たずに風浦湊《みなと》で船に乗られると思うてか」

「それがしが知りたいのは、父の命の保証をなしたものがなにかということです」

「それは、それがしとて知らぬ。だが、正睦様は、お代の方様の背後に控えておる鑓兼一派の手に落ちたときのことを必ずやお考えになっておられたはずじゃ。

ゆえに今も命を長らえ、孫二人を相手に照埜様と二人、好々爺、好々婆を演じておられる。その策がさしあたって功を奏したのであろう。それがなにかを探ることに、さほどの意味があるとは思えぬがな」

磐音は半蔵の言葉を聞きながら、正睦が藩主の福坂実高と話し合う光景を脳裏に浮かべた。

(鍵は実高様ではないか)

そして、磐音は一人の女性《にょしょう》、お代の方に思いが至った。

昌平橋が見えた。

背後の尾行者の一団が間合いを詰めてきた。

だが、磐音も半蔵も全く気にする様子はなく、昌平橋の袂《たもと》に向かうと船着場へと下った。すると尾行者の一団の動きが慌ただしくなった。とはいえ、まだ刻限は五つ(午後八時)の頃合いで、筋違橋御門の広場、八辻原《やつじがはら》には人の往来が見られた。

尾行者らはなにを命じられているのか、慌てふためく様子が感じられた。それは磐音らが船着場に舟を用意していると気付いたからだろう。

「ご苦労にございました」

霧子が猪牙舟の舫《もや》いを解きながら磐音に声をかけた。

霧子は船宿川清に預けておいた猪牙舟を受け取って昌平橋まで漕ぎ上がり、磐音を待ち受けていたのだ。

「幸吉どのは六間堀に戻られたな」

「はい」

猪牙舟に乗った磐音は半蔵と向き合って座りながら、

「鉄五郎親方が腕によりをかけて焼かれた宮戸川名物の鰻を無駄にしてしもうた」

とすまなそうに呟いた。

霧子が舟を出した。

尾行者の一団も神田川のどこぞで船を都合するつもりか、心当たりに向かって消えた。

「門前で長々と待たされたでな、蒲焼の鰻が固うなったか」

「そこまでは予測していたことです。ゆえに幸吉どのを煩《わずら》わせて台所を借り受けて温めなおそうと考えておりました」

「おお、それで宮戸川の男衆《おとこし》を同道してきたか」

かぬほどに」

うんうんと無言で応じた中居半蔵がしばし沈黙した。

猪牙舟はすでに和泉橋、新シ橋を潜って浅草橋へと下っていた。その背後に船影があった。尾行者たちを乗せた船だろう。

「磐音、お代の方様の病は治ると思うか」

難しい問いだった。磐音には答えることができなかった。

「そのほうの父御、坂崎正睦様のお悩みもそこよ。体の病ならば、江戸藩邸に医師はおる。またそなたの知り合いの桂川甫周先生や若狭小浜藩の中川淳庵《なかがわじゅんあん》先生のお力を借りることもできよう。だが、これぱかりはな」

と半蔵が呟いた。

「若先生、小梅村に戻ってようございますか」

「いや、すまぬが日本橋川に入って魚河岸の地引河岸《じびきがし》あたりに着けてくれぬか」

「畏《かしこ》まりました」

と霧子が応じた。

「そう長くはかかるまい」

中居半蔵が霧子に応えた。

「さような気遣いは無用にございます」

「無償で汗をかくそなたのような人間が一人でもおればな、豊後関前藩もああはならなかった」

中居半蔵の嘆きだった。

その後、猪牙舟は無言のまま神田川を下り、大川に出ると両国橋、新大橋と流れに乗って下り、大川の右岸沿いに中洲の内側を抜けて永久橋、崩橋《くずればし》と通って日本橋川に出た。さらに鎧《よろい》ノ渡しを横切ると地引河岸に着けられた。

下りたのは中居半蔵と磐音の二人だけだ。

魚河岸は朝の早い商いだ。

鮮魚を扱う魚問屋は眠りの真っただ中にあった。だが、訪ねる先は乾物問屋の若狭屋だ、格別に朝が早いというわけではない。それよりなにより返事を待つ番頭の義三郎《ぎさぶろう》が待ち受けていた。

霧子は猪牙舟を舫うと、あとから来る尾行者の船を待ち受けるため、舟を離れた。

尾行者は霧子が舟を舫った地引河岸の手前、魚河岸の東と北を鉤《かぎ》の手《て》に囲む堀留の、その入口に架《か》かる荒布橋《あらめばし》に船を止めた。

と言った。

霧子が提灯《ちょうちん》に灯りを灯《とも》して舳先に立てた竹棒に提げた。その様子を磐音が興味深そうに見ていたが、なにも言わなかった。

猪牙舟が日本橋川の流れに乗ったとき、鐺兼一派の船も荒布橋を離れた。半丁の間合いであとに従う船にとって、霧子が灯りを灯したのはなんとも有難い話だった。

夜の闇で灯りなしの舟を追うのと、提灯を灯した舟を尾行するのとではまるで様相が異なった。なんとなく安心した様子が鐺兼一派の船には見てとれた。

「磐音、明日が楽しみじゃ。若狭屋も手薬煉《てぐすね》引いて品を待っておってくれたでな、働き甲斐があるというものじゃ」

「十年の付き合いは無駄ではございませんでしたな」

「いや、若狭屋があれほどまでにわれらを信頼して、成り上がりの江戸家老一派とは商いをしないと公言しようとは夢想だにしなかった。これにて勇気百倍で物産事業を続けることができる。ともあれ、明日、屋敷内の物産所で今年の海産物の格付けが行われれば、荷揚げした物産を商人に渡すことができる」

中居半蔵はほっとした様子で言った。

磐音は、霧子が提灯を灯した猪牙舟を大川の真ん中に出したことを、いささか訝しく思っていた。

夜の大川だ。

小舟は危険に遭遇したときのことを考え、岸に近いところを上り下りし、流れを横断する際はできるだけ最短距離を選ぶ。むろん流れに逆らって遡上《そじょう》する場合、斜めに漕ぎ上がるのが鉄則だ。それだけ水の抵抗が少ないからだ。ともあれ夜間の小舟の往来は慎重の上にも慎重を期すべきことだった。それを霧子は提灯に灯りを入れて、大川の流れの真ん中を漕ぎ上がっていた。

神田川から尾行してきた船がその様子を見て二丁櫓に替えたか、一気に間合いを詰めてきた。

「あやつら、留守居役兼用人の中居半蔵を襲う気か。身の程知らずの馬鹿者かな」

「中居様、船には雇われ用心棒が乗っているようで、長柄の槍が四本ほど積み込まれておりました」

「おお、そなたはそれを調べておったか。いや、雑賀衆のそなたのことじゃ、長柄の槍を船の外に放り出してきたであろうな」

「武士の得物にございます。そのような真似《まね》はいたしません」

霧子が答えたとき、尾行する船が二十間ほど下流に迫り、さらに二丁櫓を利して一気に詰め寄る気配を見せた。

「夜の大川を二丁櫓で急ぐとはなんとも大胆不敵ではないか」

中居半蔵が中腰の姿勢で後ろから迫る船を牽制し、家臣の顔を確かめようとした。だが、急接近する船の面々は頬《ほお》かぶりで面体《めんてい》を隠し、無言だった。

「何奴《なにやつ》か、そのほうら、関前藩の者と分かっておるのじゃぞ」

中居半蔵がついに膝立《ひざだ》ちから立ち上がった。

霧子が漕ぐ舟は格別急ぐ様子もないのでできる芸当だった。

「中居様、お座りくだされ」

と磐音が半蔵に注意した。

「磐音、そなたら、のんびりしておるが、相手の船はこちらに倍する大きさ、その上、長柄の槍まで用意しておるというではないか。なんとかせんでよいのか。ほれ、五、六間先に迫ってきおったぞ」

中居半蔵の狼狽を察した尾行船では三、四人の人影が立ち上がり、長柄の槍を構えた。

二丁櫓の船頭が霧子の漕ぐ猪牙舟の横手に着けようと、わずかに方向を変え、すぐさま船足を速めて横へと姿を見せた。

長柄の槍を構えた四人が足を踏ん張り、その他の面々がそれぞれ槍手の腰を支えて、槍技が繰り出しやすいように態勢を整えた。

そのとき、霧子が櫓に力を入れて猪牙舟の舟足を速めた。

「霧子、急ぐならばなぜ最初から急がぬ」

半蔵がいささか慌てふためいて言った。

鑓兼一派の船もまた船足を上げ、すぐに追いすがると、再び槍の穂先を突き出した。その穂先が霧子の灯した提灯の灯りにきらきらと輝いた。

「磐音、なんとかせえ。われら、串刺しになって大川に浮かぶぞ」

「中居様、中戸《なかと》道場で攻めの半蔵と謳《うた》われた時代がございましたな」

「もはや何十年も前のことを持ち出すでない」

「まあ、お座りくだされ」

磐音が中居の袴《はかま》を摑んで座らせた。霧子がさらに櫓に力を入れ、相手の船も二丁櫓で軽々と迫ってきた。緩急をつけることで、船底に開けた孔から水が激しく侵入するように計算してのことだ。

「よし、いくぞ」

長柄の槍の頭分が、槍を扱《しご》いて狙いを定めた。

その瞬間、二丁櫓の船頭が悲鳴を上げるや、急に船足が落ちた。

「ああっ、水が胴の間に一杯になっているぞ。ど、どうしたことか!」

と叫ぶ声に、

「あやつ、鐺兼の配下の牧野《まきの》七平《しちへい》ではないか」

と半蔵がいつもの声音に戻って呟いた。

「それにしてもなにが起こったのじゃ、磐音」

「はて、霧子のちょっとしたいたずらにございましょうな」

磐音の声がいつもどおりに応えて霧子の櫓が緩《ゆる》やかなものに変わった。だが、
二丁櫓の船は大川の真ん中で水船《みずぶね》と化し、

「わしは水練などできぬ、助けてくれ」

という牧野の悲鳴が背後から聞こえてきた。

三

駿河台富士見坂の豊後関前藩上屋敷では、門を入って玄関前の右手にある藩物産所の戸が開かれて、人を迎える仕度がなされていた。

陣頭指揮をするのは前の物産所組頭の中居半蔵であり、その下で坂崎遼次郎、磯村海蔵、籐子慈助らがせっせと立ち働いていた。

関前領内で産する海産物、農作物を藩の物産所が買い上げ、借り上げた弁才船《べざいせん》で江戸に運び込み、売るという、

「武家の商い」

を始めて十年、今では関前の物産を江戸ばかりか摂津《せっつ》大坂でも売り込んでいた。江戸では藩の所蔵帆船で定期的に運び込まれる品を、大川左岸の深川佐賀町に借りた蔵屋敷を中継地として運び込む仕組みができていた。

だが、藩物産所の中枢機能はあくまでこれまでどおり藩邸に置かれ、この場には見本の物産が持ち込まれる。乾物問屋若狭屋の仕切りで江戸の商人が集まり、その年の海産物や椎茸などの出来を調べ、入札する仕組みができあがっていた。

だが、数年前から物産事業に加わった長崎口の到来物は、この仕組みを経ずして、江戸家老の鐺兼参右衛門が取り仕切っていた。鐺兼一派はこの藩物産事業の輸送、販売の流れを占有し、阿片の抜け荷を組み込もうと目論《もくろ》んでいた。そこで長年、物産事業を仕切ってきた中居半蔵が留守居役兼用人に昇進したのを機になんとしても、

「物産事業」

を乗っ取りたいと企て、中居半蔵が後任にと推挙した物産所副組頭の稲葉諒三郎を認めようとはせず、鐺兼一派の使番沼袋武一郎を押し込もうとして両派が対立し、睨み合っていた。

ために折角豊後関前から新造の藩船明和三丸に満杯に積み込まれてきた荷が宙に浮き、商いにならずにいた。

そんな最中、突然、藩邸内の物産所の雨戸が大きく開かれて、見本の品々が並べられ始めたのだ。

玄関先に乱れた足音がして、

「だれの命で物産所を開いたや」

使番の沼袋武一郎が四角張った顔を真っ赤にして叫んだ。その背後に五、六人

の鑓兼一派の者たちが刀を手に控えていた。

「おお、沼袋か。それがしが命じたことじゃ、気にいたすな」

「おや、留守居役兼用人どの、そなた様はもはや物産事業から手を引かれたはずではございませんか」

「いかにもさよう」

平然として中居半蔵が応じた。

昨夜、中居半蔵は小梅村に泊まった。そして、国家老の坂崎正睦と二人だけで対面し、それは半刻に及んだ。

その後、磐音がその場に呼ばれ、明和三丸で運ばれてきた物産の滞貨《たいか》をいかに迅速に解決し、江戸市場に流通させるかの話し合いが行われた。

三者の談義が終わったのは夜半の九つ（十二時）を過ぎた頃合いだった。半蔵はそのまま小梅村に泊まり、早朝に霧子の漕ぐ猪牙舟で藩邸に戻ったところだ。

「留守居役兼用人どのの御用ではございますまい。越権も甚《はなは》だしゅうございますぞ」

「沼袋、それがしが長年にわたり物産事業に携わってきたことを承知じゃな」

「言うまでもございません。ですが、今は担当を外れた身にございます」

「そうそう、そうであったな」

と中居半蔵が白髪《しらが》交じりの鬢《びん》を掻《か》いた。

「じゃがな、沼袋、戦も商いも勝機あるいは商機を逸しては、勝ち戦も儲《もう》ける商いもみすみす逃すことになる。新造船の明和三丸が祝い船のごとく関前領内で産した品を積んできたというに、深川佐賀町の蔵屋敷で眠らせておいては、品が傷《いた》み、当然値が下がる。これを見逃しては先の物産所組頭としては、藩主実高様、それにこの品々を藩物産所に引き渡してくれた領民に相すまぬ。またこの十年でようやく信頼を勝ち得た若狭屋をはじめ、江戸の商人衆に申し訳ない。そこでな」

「先の物産所組頭の名を利して勝手に入札、取引きを始めようとなさるおつもりですか。それは許されぬ所業にございますぞ。藩物産所を閉じられよ」

「沼袋、そろそろな、若狭屋をはじめ、江戸の主だった乾物店の主や番頭が集まってくるのじゃ。今さら、お戻りくだされ、入札は取り止《や》めです、などと言えるものか。そう思わぬか、沼袋」

「ああ言えばこう言い抜けられる。中居様、いささか老いが進んで呆《ほう》けておられるようだ。殿が参勤下番にて国許関前にあるとき、藩邸の最も位の高い重臣は江戸家老鐺兼参右衛門様にございますぞ」

「いかにもさよう、それがしとて重々承知しておる。それでな、常々鐺兼様のように機敏に行動ができぬものかと、ご家老どのの言動を見倣おうと思うのじゃが、ほれ、老いがもたらす呆けではなかなかあのお方のように参らぬ。沼袋、鐺兼様はなんぞ格別な薬でも用いておられるのであろうかな」

「知りませぬ。ともあれ、即刻物産所を閉じられよ」

「最前も縷々《るる》説明したではないか。動かざること、林の如し、いや、違うたな、機を見ること、風の如しであったかな、信玄公の教えは」

「許せぬ」

と叫んだ沼袋が式台から、

「だれぞ履物を持て！」

と叫び、鐺兼一派の家臣が内玄関から走り出て、沼袋の草履《ぞうり》を式台前に揃《そろ》えた。

「者ども、江戸家老鐺兼様のご命である。遠慮はいらぬ、物産所の戸を閉めよ。おお、そうじゃ、屋敷の表門も閉じよ。商人など一人《いちにん》たりとも屋敷内に入れるでないぞ」

沼袋が甲高い声で命じ、鐺兼一派の家来たちが、

（どうしたものか）

と顔を見合わせた。

「なにをしておる、鑓兼様の命が聞けぬか」

「沼袋、みっともない所業をなすでない」

物産所の広縁に立つ中居半蔵はあくまで落ち着き払い、腰帯に差した白扇を抜くと、

「梅の季節から桜の季節に移ろう時候、夏を思わせて暑くなりおる。それがし、汗っかきでな、沼袋、そのほうは暑がりか寒がりか」

「おのれ、それがしを愚弄《ぐろう》するにもほどがある。そのほうら、動かぬなれば、それがしが手本を見せる」

沼袋が慌てて草履を履き、手にした大刀を腰に差した。そして、のしのしと貫禄《かんろく》をつけたつもりで物産所に歩み寄っていった。配下の者が従うと考えての行動だったが、あまりにも相手の中居半蔵が落ち着いていた。その上、坂崎遼次郎らも広い板の間に茣蓙《ござ》を敷き、せっせと見本の物産を並べたりしていて、相手にする様子もないので、動いてよいのやらどうやら、内玄関前に立ったまま迷っていた。

「沼袋、そなた一人で相撲《すもう》をとる気か、やめておけ」

中居半蔵が言ったとき、玄関先に緊張が走った。

「鐺兼様じゃぞ」

内玄関先の家臣たちが驚きの表情で顔を見合わせ、慌てて沼袋のもとへと走っていった。

鐺兼参右衛門が玄関の式台上に立った。

物産所の広縁に立つ中居半蔵と視線を交わらせた。

「中居半蔵、そのほう、それがしが止めた物産事業を独断で始める気か」

「ご家老、沼袋にも説明したところですが、商いは機を逸すると大火傷《おおやけど》を負うことになりますでな。折角藩を挙げて新造帆船を建造し、大きゅうなった船の船腹いっぱいに領内自慢の物産を積んで江戸に来たのでございますよ。それが、それがしの後任が決まらぬというて、手を拱《こまね》いていては大損をいたします。おお、ご家老は長崎口の到来物をお扱いゆえ、領内で産する海産物など屁でもございませんかな。とは申せ、物産事業の始まりは領内の品を江戸に持ち込んで換金すること。さすれば、海産物を採った漁民、加工した女衆《おんなし》、またそれを買い取った関前城下の物産所の目利きたち、さらには品々を江戸まで運んできた主船頭以下の水《か》夫《こ》たち、さらには江戸藩邸のわれら、最後に若狭屋など乾物問屋の手を経て、関前の海産物や椎茸などを使うてくださる料理人、長屋のおかみさんと、見えぬ手で関前と江戸が結ばれ、なんとも大きな商いの輪が広がります。そこでだれもが幸せな気分になる、これが物産事業の根幹の考えにございましてな」

「中居半蔵、べらべらと戯言《ざれごと》を連ねて、江戸家老のそれがしに教えを垂れようという所存か。許せぬ。御番組《ごばんぐみ》、これへ」

と鑓兼が大声を発した。

玄関先の諍《いさか》いに、江戸藩邸の全員が固唾《かたず》を呑んで耳を澄ましていた。

御番組としても藩主不在の江戸藩邸の最高の重臣の命である、動かざるを得ない。江戸家老の命に御番衆がしぶしぶながら羽織を脱いで襷《たすき》がけにして股立《ももだ》ちをとり、ゆっくりと玄関前に集合した。

「ご家老」

御番組組頭の磯田十右衛門《いそだじゅうえもん》が困惑の表情を顔に残して鑓兼を見た。

「留守居役兼用人中居半蔵、乱心したり」

「乱心、にございますか」

磯田が物産所の広縁にのんびりと立つ中居半蔵を見た。

「上役の命に背《そむ》き、勝手に物産所を開いて商人らを呼び入れ、商いをなさんとする所業である」

「されど中居様は先の物産所組頭にございまする」

「もはや物産事業に対してなんの権限もない。新たなる物産所組頭は沼袋武一郎である」

と屋敷じゅうに宣言するように言った。さらに、

「中居半蔵の留守居役兼用人の役目、殿が江戸にお戻りになるまで江戸家老の権限で剝奪《はくだつ》いたす。さよう心得よ」

と言い足した。

沼袋が得意げに物産所の広縁に近付き、

「中居半蔵、ご家老の言葉、聞いたであろう。さっさとそれがしに物産所を引き渡すのだ」

「沼袋、そなた、商いを承知か」

「そのようなことはどうでもよきこと、そなたはもはや無役の中居半蔵だ。大人しく屋敷に退散せえ」

「無理な話にござるな」

「なにが無理じゃ、ご家老の命なるぞ」

沼袋が広縁に不用心に近付き、中居半蔵の袴の裾《すそ》を摑んで引きずり下ろそうと試みた。

その瞬間、中居半蔵が中戸信継《のぶつぐ》道場時代の、

「攻めの半蔵」

に一瞬にして変身し、沼袋が手をかけようとした袴の足でその額を強《したた》かに蹴り上げた。ために沼袋は両足を虚空高く上げて、
ずでんどう
と地べたに転がった。

「おのれ、無体《むたい》な」

と歯軋《はぎし》りした鑓兼が、

「磯田、見たな。中居半蔵の乱心、ひっ捕らえて蔵に閉じ込めよ」

と命じた。事ここに至っては、磯田十右衛門も動かざるを得ない。

「者ども、物産所へ」

と、それでも中居半蔵の名を一切口に出さず、物産所を取り囲んだ。

「中居様、ここは大人しゅう願いまするか」

と磯田が小声で願った。

「十右衛門、そなたらも迷惑なことよのう」

「どうなされますな」

磯田が窺うように言ったとき、通用戸が表から叩かれ、

「乾物問屋の若狭屋にございます。入札に参りました」

と訪《おとな》いの声が響いた。

「またにいたせと申せ」

式台上から鐺兼参右衛門が命じたが、中居半蔵は通用口近くで待ち構えていた坂崎遼次郎に目で合図をした。

「門番、開けてくれぬか」

遼次郎が静かに願った。

「ご家老の命は」

「そなたらに迷惑はかけぬ」

と応じた遼次郎は国家老坂崎正睦の養子にして跡継ぎだ。

「よいので」

「よい」

遼次郎の返答は揺るぎがない。

門番がちらりと式台上の鐵兼を見て、通用口を開けた。すると若狭屋の番頭義三郎ら入札に関わる江戸の乾物屋の主や番頭らが、

「お邪魔いたします」

「よい日和でございますな」

と口々に挨拶しながら姿を見せ、ぞろぞろと物産所に向かおうとした。

「若狭屋、本日の入札はなしだ、即刻立ち去れ」

と鐵兼が命じた。

若狭屋の番頭が、
ぺこり
と鐵兼に頭を下げておいて、かたわらにいた門番頭に何事か告げた。

えっ
と驚きの表情の門番頭が配下の門番に門を開けるように命じた。

「なにをなす気か。商人が退散するに表門を開ける要などない。相手を心得よ」

鐵兼が叫んだとき、大門《おおかんぬき》が外され、
ぎいっ

と両開きの表門が開かれ、継裃姿の武士らに囲まれた乗り物が一挺《ちょう》、豊後関前藩江戸藩邸に入ってきた。先頭の乗り物に従う小姓が、

「奏者番速水左近様にございます」

と身許《みもと》を告げた。

その乗り物の背後には村夫子《そんぷうし》然とした国家老の坂崎正睦が従い、こちらは塗笠《ぬりがさ》をかぶった坂崎磐音や松平辰平、重富利次郎らを伴っていた。

陸尺《ろくしゃく》が乗り物の引き戸を開けると速水左近が姿を見せ、坂崎正睦が案内役のように歩み寄った。

「おや、ご家老、いつ出府なされましたな」

広縁から中居半蔵が空惚《そらとぼ》けた顔で正睦に尋ねた。

「おお、中居半蔵か。磐音とおこんが江戸に戻ったというでな、孫の顔を江戸まで見に参ったのじゃ。うん、そこでな、日頃から世話になっておる速水左近様のお屋敷にご挨拶に伺い、豊後関前藩江戸藩邸で本日、領内の物産を江戸の商人に入札させるなどとつい口にしたところ、速水様がそれは得難い機会、ぜひ見物したいと仰せでな。こうして、藩邸に奏者番速水左近様をお連れした次第じゃ。半蔵、十右衛門、突然の訪いで迷惑であったな。年寄りの気まぐれである、許せ

よ」

正睦が渋い声ながらはっきりと通る声音で、その場の者たちに聞こえるように言った。

「というわけでございましてな、中居様、新造船で運ばれてきた海産物の出来はいかがですかな」

こんどは若狭屋の番頭が半蔵に訊いた。

「関前は天候にも恵まれたでな、よい鰹節ができたそうな。しかと見て、ぜひ高値で入札してくだされよ」

半蔵が義三郎に応じたのを受けて、商人たちがぞろぞろと物産所に上がっていった。

「おお、江戸家老どの、出迎えとは恐縮かな」

正睦が玄関前に歩み寄り、話しかけた。奏者番速水左近の手前、憤怒《ふんぬ》の形相《ぎょうそう》を必死で隠した鑓兼は、

「お国家老様が江戸出府とは、驚きました」

と声を押し殺して応ずるのがやっとであった。

「鑓兼どの、殿にな、直にお許しを得て新造船の明和三丸に乗って江戸に出てき

たのじゃ。そなたが驚かれるのも無理はなかろうな」

正睦が惚けた口調で言ったものだ。

過日正睦を拉致し、旧尚武館道場の離れ屋、ただ今の田沼一派の隠れ屋敷の一つ、旗本日向鵬齊邸に数日にわたり監禁した張本人こそ、正睦の対面する鑓兼参右衛門であった。

正睦の表情にはそのような気配は微塵《みじん》も窺えなかった。だが、この場にある豊後関前藩の家臣たちは、

「国家老」

の突然の出府が尋常ではないことと察した。

その理由《わけ》が、近頃、江戸家老鑓兼参右衛門の目に余る所業にあることをだれもがはっきりと感じ取っていたからだ。そして、その背後にあるお代の方にも、坂崎正睦の出府がいかなる影響を及ぼすか、それぞれが考えを巡らした。

国家老坂崎正睦が突然江戸藩邸に姿を見せた理由《わけ》を家臣の一部は、

(鑓兼一派になにか裁断が下る)

のではないかと考えた。

また正睦が同道した人物が、幕府奏者番の速水左近であり、同行したのが嫡男

の磬音であることに大きな意味があることも察していた。磬音は十年前のお家騒動を鎮めた立役者だった。

「鑓兼どの、速水左近様に入札の模様を見物していただいた後に、それがし、お代の方様にご挨拶に罷り越す。そのようにお代の方様にお伝え願えぬか」

言葉は丁寧《ていねい》だが、江戸家老など歯牙《しが》にもかけない正睦の貫禄であった。またその様子を見た家臣一同は、

「中興の祖」

が実高の意を汲んで出府したことを確信した。

藩物産所前の押し問答は坂崎正睦の登場で一瞬にして決着した。

四

坂崎正睦は、豊後関前藩の藩主福坂実高の正室お代の方の前に平伏していた。

「お代の方様、息災のご様子、坂崎正睦、新造船に乗り、江戸に出てきた甲斐がございました。お久しゅうございます」

正睦の言葉にお代の方からの返事はなかった。

むろんお代の方は正睦が明和三丸に乗船して密かに江戸入りした事実を磐音に聞かされ承知していた。だが、知らぬふりをして、ただ脇息《きようそく》に上体を凭《もた》せかけて眼前に平伏する正睦を睨みつけていた。そして、時折りこめかみがぴくぴくと動くのが廊下に控えた磐音の目に映じていた。

お代の方は返答をせず、正睦は平伏したままだ。

上段の間に座すお代の方には江戸家老の鑓兼参右衛門が従い、平伏する正睦には、廊下に磐音が従っていた。

春の風が優しく正睦の老いた背をなぶっていった。

速水左近は商人たちが豊後関前から運ばれてきた海、山の幸の品定めを丁寧になす光景を興味深く見てまわり、時には春若布《わかめ》を手にとってみたり、乾燥させた鰹節を何度も打ち合わせて、かんかんと乾いた音色を確かめたりした。

「正睦どの、関前領内では多彩な物産が採れるのでござるな」

「速水様、物産事業が始まった頃は、品物の質も良くなく、数も量も揃いませんでした。なにしろ領内の物産を換金するには、城下で開かれる市が唯一の場所にございましたからな。それも銭を支払うてくれるのは城下の商人や住人くらいでございましてな、お互いが作物を交換して終わりというのが実情にございました。これでは漁師も百姓も働く意欲が一向に湧《わ》きません。ですが、藩物産所ができて、そこで買い上げてもらい、江戸で高く売れればそれだけ高く支払われるのだということが知れ渡りますと、漁師も百姓も自らの品をかたち、色、味よきものにしようとこれ努めます。仲間内でも競争が生まれ、さらに一文でも高く物産所に買い取ってもらいたいがためにさらに品質が向上するというわけでございましてな、江戸の料理人の好みを分かった上で鰹節や干し鮑《あわび》を造ります。ためにかように見《み》場《ば》も味もよき品が揃うようになりました」

「ほうほう、領民は自らが生み出す品が一文でも高く売れるように努めると申されるか。いかにも人間の欲は、品をよくするための源かもしれませぬな」

速水左近が感心し、ひとわたり商人らの品定めと入札を見て、

「正睦どの、大変おもしろうござった。幕府もただ年貢を強いるのではなく、関前藩のように漁師、百姓、商人らを競い合わせ、自らの努力が自ら生み出す品を高め、値もよく売り買いできるのだという理屈と気持ちを持たせねばなりませぬな」

と言い残すと磬音に門前まで見送られて、表猿楽町の屋敷に戻っていった。

入札が順調に進んでいることを確かめた正睦は、

「あとは若狭屋や中居半蔵に任せようか」

そう言うと、磐音だけを伴い、物産所から玄関へと向かった。すると玄関番の家臣が慌てて国家老とその嫡子が奥に向かうことを知らせに走っていった。

「関前の白鶴城《はっかく》では実高様がご壮健に過ごされ、次の参勤出府を楽しみにしておられます」

「正睦、楽しみにしておられるとな。それはいささかおかしかろう」

お代の方が尖《とが》った声で初めて応じた。

正睦は平伏をとき、ゆっくりと顔を上げて、お代の方を見た。

(なんと、かように容貌が変わられるものか)

と胸の中で驚きを禁じ得なかったが、面に出すことはなかった。

「それはまたどういうことにございましょうかな」

「知れたことじゃ」

「知れたこととは」

「殿は若い側室に入れあげ、江戸のことなどとんと思い出される様子もないと関前からの風の便りに聞いておる」

「ほう、風の便りでさような風聞がございますか」

「おや、それは虚言とでも言うか」

「いえ、正しゅうございます。実高様が大名家並みに側室を迎えられたのはたしかなことにございます」

「大名が側室を持つのは当たり前のことと言うか」

「幕府の触れごとは殊《こと》の外《ほか》厳しゅうございますゆえ、お世継ぎを設けることは各大名家の必須の大事にございます」

「そのようなこと、言われずともわらわはとくと承知しておる。殿はもはや歳であられる。今さら急に歳の差がひらいた妾《めかけ》を迎えられたとはなんとも不思議なことよのう」

「だれかの献策《けんさく》があってのことと仰せられますか」

「そのほうではないのか」

お代の方の追及は厳しかった。

「お代の方様、実高様の御側近くに仕えるわれら、かつて幾たびか側室をと願うたことがございます。ですが、殿は関前の窮状をみるとき、側室どころではあるまい。そのうち、お代が懐妊しよう、しばし待て、とその度にお断りになりました。そのことはお代の方様もとくとご存じにございますな」

「そなたに言われずともよう承知じゃ。わらわが言うておるのは昔のことではない、ただ今のことじゃ。よいか、わらわは嫉《ねた》みで言うておるのではないぞ。初老に差しかかられた殿に若い妾を与えて、籠絡した家臣の魂胆が見えるゆえ、かように言うておるのじゃ。かような綻《ほころ》びは家中に広がり、綱紀が緩む」

「さすがはお代の方様にございますな。世間の理をご存じであられる。いかにもわれらが知る殿から、寄合の草野源吾左衛門の養女お玉を側女にしたいなどと自ら仰せになるはずもございませぬ。それがしもいつ殿が側室となる女子と知り合われたか、長いこと訝しゅう思うておりました」

「おや、そなたが口添えして殿を籠絡したのではないのか」

「お代の方様、そのようなこと、あり得ようはずがございませぬ。それがしの全く関知せぬうちに、殿のかたわらに側室がおられました」

「正睦、それでようも国家老が務まるものじゃな」

「全くお代の方様の仰せのとおり、坂崎正睦、いささか馬齢を重ね、注意が行き届かなくなっておりました。ゆえにこれまでも何度か殿に隠居を願い奉りました」

「口先だけではないのか」

「滅相もないことでございます。正睦、波濤《はとう》何百里を越えてはるばると関前から江戸に出てきたには、最後のご奉公をなし、その上で隠居すべく考えたからにございます」

「そのような心配は無用じゃ、早々に隠居するがよい。そなたの後進はいくらでもいよう」

お代の方が、中興の祖として崇《あが》められる坂崎正睦に吐き捨てた。

「だれにもうぬぼれがございましてな、それがしの代わりなどおらぬとつい間違うた考えを抱き、地位にしがみつくものです」

「ただ今のそなたがそうじゃ」

「これは手厳しゅうございますな」

と応じた正睦が、

「お代の方様に二つばかり申し上げたき儀がございます」

「わざわざ老骨に鞭《むち》打って江戸に出てきたのじゃ、申したければ申してみよ。これまでの功に免じて許す」

「お許し、有難き幸せにございます。遠慮のう申し上げます。まず最前の話にございます」

「最前の話とはなにか」

「側室お玉様をこの坂崎正睦が仲介したというお代の方様の思い込みについて、訂正させていただきとうございます」

鑓兼参右衛門がお代の方に背後からなにか言いかけたが、お代の方は無視して正睦に訊いた。

「そなたではないと言うか」

「側室お玉様の出自をご存じにございますかな」

「寄合の草野の養女であろうが」

「はい。養女お玉様はどこから草野家に入られたか、ご存じですか」

「そなた、承知か」

お代の方が尖った声で訊いた。

「お代の方様、国家老の口車に乗せられてはなりませぬ」

鑓兼が二人の間に割って入ろうとした。

「参右衛門、案ぜずともよい。続けよ、正睦」

「草野玉の出は城下関前広小路の呉服屋肥前屋卯右衛門の次女にございましてな」

「なに、呉服屋風情《ふぜい》の娘が殿の側室とな」

「いかにもさようにございますぞ。またお玉様を草野家に養女に入れ、城下の大照院に殿様が墓参に行かれる日にちを見計らい、お目通りさせる算段をつけたのは、当時国許におった納戸方藤間次五郎にございましてな」

「なにっ、藤間とな」

お代の方がきいっと眦《まなじり》を決して、鑓兼参右衛門を振り返った。

「お代の方様、国家老の嘘《うそ》方便に耳を傾けてはなりませぬぞ」

「藤間次五郎はそなたの信頼厚き配下にして、先の参勤下番になにかあってもならぬと同道させた者ではないか。それがどうして、側室お玉の仲介などしやる」

お代の方が鑓兼を詰問《きつもん》した。

「お代の方様、それがしの話、未だ終わってはおりませぬ」

正睦が言い出し、お代の方が正睦を振り返って睨み付けた。

「それがしが江戸に出府してきたのは十日ほど前のことにございます。廊下に控える磐音がお代の方様にお目にかかった折り、ご挨拶に参上できなかった理由を申し上げませんでしたか」

「磐音もまたいささか呆けたか。江戸家老の鑓兼参右衛門がそなたを拉致して、拘禁したとかせぬとか、いい加減なことを訴えおった」

「お代の方様、真のことにございます」

「なぜ江戸家老が、国家老のそなたを拉致拘禁せねばならぬ」

「それがしがお代の方様に申し上げたきはそのことにございます。話はいささか長うなりますが、心してお聞きくださいませ」

「国家老め、藩主実高様のご正室お代の方様に失礼千万なる口の利きよう、許せぬ。成敗《せいばい》してくれん」

鑓兼が自ら脇差《わきざし》の柄《つか》に手をかけて立ち上がった。

「鑓兼参右衛門、乱心いたしたか。それがしの後ろには倅が控えておる。先の西の丸家基様の剣術指南にして尚武館佐々木道場の後継なるぞ。親のそれがしが言うのもいささか親ばかめくが、そなた程度の腕前では、かすり傷も負わせられまいな」

正睦が長閑な口調で応じた。

「控えておるか」

鑓兼が閉《た》てられた襖《ふすま》の向こうに控える配下に声をかけた。ざわざわとした気配が伝わってきた。

「参右衛門、正睦の話を聞いてから成敗しても遅くはあるまい」

お代の方は実高が国許関前にあることを考えたか、余裕の表情で応じたものだ。

「有難き幸せにございます」

正睦は再び一礼すると、二年ほど前、阿片の薬包を口に含んだ物産方南野敏雄が江戸からの帰り船で突き殺されたことから、こたび、出府した正睦が江戸家老に謀《はか》られて藩邸にいったん連れ込まれた後、富士見坂の関前藩邸から指呼《しこ》の間《かん》の旧尚武館佐々木道場跡、ただ今は旗本日向鵬齊邸の離れ屋に閉じ込められていた事実、またそのことに気付いた家臣の石垣仁五郎が刺殺されて、目黒行人坂の中屋敷の塀外に骸が捨てられた一件などを淡々と語り聞かせた。

「お代の方様、二年前の南野もこたびの石垣も、背後から一突きで刺殺されており、同じ人間がなしたことを告げております」

「だれじゃ、そのような非情をなした者は」

「藩物産所帳付け内藤朔次郎なる人物にございました」

「ならば中居半蔵の配下ではないか」

「いかにもさようでございました。ですが、何年も前から江戸家老鐺兼参右衛門が密かに徒党を組んだ一派の隠れ者にございました。こやつ、南蛮長持ちに隠された阿片を見張っておったか、磐音が明和三丸に忍び込んだことを察知し、三人目の殺しを試みました」

「なんのために内藤はそのような殺しを働くぞ」

「そのことにございます。二つの殺しを解く鍵は、南野が口に含み隠していた阿片の薬包、長崎で抜け荷した阿片を藩の所蔵船にて江戸に持ち込み、売った人物にありまする。物産方南野はそのことに気付いたゆえ、二年前、船中で殺されました。そして、二年ほど鳴りを潜めていた阿片抜け荷の一味は、こたび新造船明和三丸の南蛮長持ちなどに阿片を積み込み、佃島沖に運び込んだ。藩の所蔵船に荷を積めるのは、本来の藩物産事業をなす物産所の者たち、もう一つは、長崎で仕入れた南蛮渡来の品々を明和三丸の船倉の一部を占有して運ぶことを殿に認めさせた鐺兼一派しか考えられません。ただ今藩邸内の物産所で、こたび運び込まれた領内産の海産物などの見立てと入札が行われております。これに阿片を紛れ込ませることなど金輪際許されませぬ。となると、お代の方様がとくとご存じの江戸家老どのが差配する長崎物に隠すしか策はございませぬ」

いますぞ。話はすべて作り話にござ

「お代の方様、国家老の虚言に乗ってはなりませぬぞ。話はすべて作り話にございます」

血相を変えた鐺兼参右衛門が叫んでいた。

「黙らっしゃい」

と一喝したのは坂崎正睦だ。

「明和三丸の南蛮渡来の長持ちの中に隠されておった四十貫の阿片、南町奉行所の知恵者与力《よりき》笹塚孫一どのが押収しておられます。むろん江戸町奉行所は老中支配下の幕府の役所。これが表沙汰《おもてざた》になれば、豊後関前藩にどのような運命が待ち受けているか、お代の方様、推測がお付きでございましょう。関前藩六万石はお取り潰しの上、実高様は切腹」

「な、なんと」

「さて、内藤朔次郎は磐音が始末し、口を封じました。いえ、鐺兼一派のために口を封じたわけではございませぬ。関前藩のためにございます」

お代の方が鐺兼を振り返った。

「なんのために阿片などを大量に江戸に持ち込んだ、参右衛門」

お代の方の詰問に鐺兼が顔を伏せた。

「お代の方様、それがしが関前藩を十年余も前に抜けた倅の磐音を伴うた理由をお考えください。それがしの警護だけではございませぬ」

「な、なんのために伴うた」

「お代の方様、鑓兼参右衛門の旧名は伊丹荘次郎にございます。この伊丹姓、紀伊藩徳川家に仕える四家の伊丹姓の一つにて、分け伊丹と称する一族にございます。この分け伊丹の先々代が江戸に出て、幸運にも旗本奉公が叶《かの》うた。その旗本家先代の次男坊が伊丹荘次郎にございましてな」

「わらわになぜそのようなことを説明しやる」

「お代の方様、もうしばらくのご辛抱を。御三卿一橋家の家老職にあった伊丹直賢様の娘御が老中田沼意次様の正室ということを承知でございまするか」

「なぜそのようなことまで知らねばならぬ」

「伊丹荘次郎なる御仁、この伝手《つて》にて豊後関前藩の鑓兼家に婿養子に入ったというわけでございます」

「なんとそなた、老中田沼様になんぞ指示を受けたか」

鑓兼参右衛門は面を伏せたままだ。

「お代の方様、それがしがこの関前藩藩邸から江戸家老の一味に捕らわれ、連れ込まれた場所は、旧尚武館佐々木道場跡、ただ今は旗本日向鵬齊邸の離れ屋と申しましたな。この日向鵬齊は奏者番田沼意知様の家臣であった人物にございます。つまり、それがしは田沼意次、意知様父子の隠れ家の一つに監禁されていたのでございます」

「どういうことか、正睦。わらわにはそなたの申すことがよう分からぬ」

「倅の坂崎磐音は、西の丸家基様が家治様の跡継ぎとして将軍位に就かれ、幕政改革されんことを望んできたことはだれもが知るところでございます。されど、田沼意次様は明晰《めいせき》な家基様が十一代将軍位に就かれることを恐れて、暗殺を企てられた。その後の成り行きは、お代の方様に説明する要もございませぬな。磐音の養父佐々木玲圓どのと内儀《ないぎ》のおえい様は家基様に従い、殉死なされた。そして、後継たる磐音一家は江戸を追われて三年半余の流浪の旅を余儀なくされ申した。その間に、磐音の父たるそれがしが国家老を務める豊後関前藩に田沼様の手が忍び寄っておったのでございます」

「正睦、わらわは老中田沼意次様の手先、鑓兼参右衛門に肩入れして豊後関前藩を危うくしておると、そなたは申すか」

「そのことは、お代の方様がいちばんよくご承知のことではございませぬか」

「なんということが」

お代の方は茫然《ぼうぜん》として言葉を失っていた。

村夫子然とした正睦の顔が鐺兼参右衛門に向けられ、

「江戸家老どの、物産事業は関前藩の掛替《かけがえ》のない藩務にござる。江戸の商人らとの付き合い一つとっても一朝一夕では成り立たぬ。中居半蔵の後任には、物産事業に長年携わってきた物産方副組頭の稲葉諒三郎を選ぼうと思う、それも早急にな。そうせねば商いの機を逸することになる。いつまでも前の物産所組頭を働かせるわけにもいくまい。鐺兼どの、よいな」

と笑みの顔ながら険しい視線で鐺兼を見据えた。鐺兼はなにも応えない。だが、正睦は、

「おうおう、理解していただけたか」

と応じ、穏やかな顔をお代の方へ向けた。

「お代の方様、本日、坂崎正睦は奏者番速水左近様が藩の物産事業を見物なさる案内役を務めたにすぎませぬ。むろんそれがしが豊後関前から江戸に出てきたのは、藩主実高様の名代《みょうだい》としてでございます。後日、改めてそれがし、実高様の使者としてこの藩邸を訪れまする。それまでにお代の方様、とくとご思案のほど、

坂崎正睦、平《ひら》にお願い奉りまする」

正睦が上段の間のお代の方に改めて平伏し、磐音も倣《なら》った。

第三章　堀留の蝮《まむし》

一

正睦と磐音はお代の方の奥座敷から廊下を辞去してくると、家臣たちがあちらこちらから二人の行動を窺っていることを意識した。正睦に従い、磐音はゆっくりとした歩みで玄関へと向かった。

関前藩江戸藩邸ではこの数年、お代の方の強い支持のもと、江戸家老を中心とした鑓兼一派が台頭し、勢力を強めていた。

一方、これに対して留守居役兼用人の中居半蔵を中心とした家臣団は、実高への忠誠を誓い、鑓兼一派に対抗してきた。

鑓兼一派を藩内で台頭させた一因は藩主夫妻の不仲であった。実高はこのところお代の方との接触を嫌い、避けてきた。ためにお代の方の専横が罷り通り、鐺兼一派を膨張させてきた。とくに実高が参勤下番で国許の関前に帰国していた間に鐺兼一派がぐんぐんと勢力を伸ばしていた。

中居半蔵らを中心とした反鐺兼一統は、なんとかしてお代の方と江戸家老の専横に立ち向かおうとしたが、実高が江戸不在の折りはどうしても押され気味になっていた。鐺兼一派はその勢いに乗じて、関前藩の掛替のない、

「藩務」

と正睦が表現した藩物産事業を手中にしようと、あの手この手の策を弄《ろう》してきた。帳付けの内藤朔次郎が、南野敏雄と石垣仁五郎を刺殺したのもその一環であったと言えなくもない。

さらに藩物産所組頭を中居半蔵が辞したことをきっかけに、鐺兼一派が攻勢を強めた。新造船明和三丸の江戸初航海に合わせ、物産事業を完全に支配下におさめようとした矢先の、国家老坂崎正睦の江戸入りであった。

鐺兼一派は正睦の江戸入りを察知すると、先手を打って拉致監禁した。だが、磐音らの働きで正睦の身柄は奪還され、本日、奏者番速水左近の願いに応えて藩物産事業の見物の案内役として正睦が姿を見せ、お代の方と鐺兼参右衛門に釘《くぎ》を

刺した。

このことによって、形勢はわずかながら好転した。逆転したと言い切れないのは、坂崎正睦が実高の意を汲んで使者に立っているのかどうかが、今一つ不分明だからだ。

両派の対立に国家老坂崎正睦の立場が微妙に作用していた。

その気配を敏感に察した両派の面々は固唾を呑んで村夫子然とした国家老と、十年前の藩騒動を取り鎮めた立役者の一人、坂崎磐音の動きを、それぞれの御用部屋から不安と期待の目で眺めているだけだった。

反鐵兼一派やどちらにも与《くみ》しない中間派の家臣たちの中には、御用部屋を出て、正睦と視線を交わらせ、会釈する者もいた。

「おお、木村儀三郎《きむらぎさぶろう》、息災にしておったか。そなたのお婆《ばば》様も壮健にしておられるぞ」

「岩舘《いわだて》、少しは算盤《そろばん》が上達いたしたか。このご時世、磐音のように刀を振り回すばかりではな、世渡りはできぬからのう」

などと声をかけながら玄関に戻った。

するとすると玄関横の藩物産所では今年の海産物、乾物の見立てと入札が終わったら

しく中居半蔵が入札に加わった商人らを、

「明日から深川佐賀町の蔵屋敷で荷運びを始めるゆえ、どなた様も宜《よろ》しゅう願いますぞ」

と送り出していた。そして、中居半蔵らひと仕事終えた物産方のかたわらには、若狭屋の番頭の義三郎だけが一人残っていた。

物産方や坂崎遼次郎ら見立てと入札に関わった家臣たちは板の間の片付けを始めていた。

玄関に戻って来た坂崎父子の姿を認めた半蔵と義三郎が、

「ご苦労さまにございました」

と声をかけて迎えた。

「本日は、お代の方様へ江戸出府のご挨拶をなしただけでな。息災のご様子、慶賀なことであった」

正睦が洩らし、

「お国家老様、滞りなく見立てと入札が終わり、あとは蔵屋敷からの出荷を待つのみにございます」

と義三郎が正睦に応じていた。若狭屋と関前藩は十年に及ぶ付き合いで、固い絆と信頼関係で結ばれていた。

「それはよかった。今後とも若狭屋、豊後関前藩の物産事業の手助けをよしなに願う」

と国家老自ら頭を下げたため、義三郎がいささか慌てた。

「正睦様、出荷は予定どおりに行ってようございますな」

中居半蔵が念を押した。

「むろんのことじゃ。じゃが、そなたの後任が決まらんでは物産事業も滞りが生じよう。お代の方様と江戸家老どのには承知してもろうた。組頭は物産方に長年携わり、事情を承知の者が適任ということをな」

「おお、ならば物産方が推挙する稲葉諒三郎の組頭昇進でようございますな」

「よい。じゃが、正式な辞令は殿が江戸に上番で見えられた折りになろう。ただ今は国家老のそれがしの名で任命するに留める。それでよいか」

「はっ」

と中居半蔵が畏まり、物産方の中から稲葉諒三郎を呼び、

「稲葉、それがしの後任にそなたが就任することが国家老坂崎正睦様のご指示で内定した。正式の辞令は殿の参勤上番を待ってのことじゃ。心して働け」

と前任者が後任者に言い渡した。

「謹んでお受けいたします」

といささか緊張気味の稲葉が応じるのへ、

「稲葉、そなたの父は在所廻りで海産物などの良し悪しを見分ける達人であった。またなにより実高様の信頼厚く、領民にも等しく接する人柄がよい藩士であった。そなたもな、父を手本によき品を適宜な値で若狭屋に提供し、物産事業を大事に守り抜くのじゃぞ」

と正睦が声をかけると稲葉諒三郎がいよいよ緊張して畏まった。

「稲葉、明日からの出荷がそなたの組頭としての初陣になる。精出して働きなされ」

とさらに正睦に励まされた稲葉が若狭屋の番頭を見て、

「中居半蔵様と違い、不慣れかもしれぬが、よしなに頼む」

と願って新任の物産所組頭が決まった。

正睦と磐音は中居半蔵に誘われて藩物産所の御用部屋に通った。

「奥では茶も供されなかったでな、喉が渇いた。だれぞ茶を恵んでくれぬか」

と正睦が願い、中居半蔵が茶の仕度を命じた。そして、御用部屋で三人だけで対面した。

「お代の方様には得心していただけましたかな」

中居半蔵がまず懸念を訊いた。

「お代の方様は元々ご聡明なお方ゆえ、鑓兼参右衛門が老中田沼様の意を汲んで関前藩に奉公していたことを知られ、ただ今考え込んでおられよう」

「正睦様、そこまで仰いましたか」

「なあに、ざっとしたことを披露しただけじゃ。というても磐音らの探索の受け売りをしただけじゃがな。お代の方様にはそれがしの意はそれなりに伝わったと思うが、どうじゃな、磐音」

一人だけ正睦に従っていた磐音に視線が向けられた。

「父上、伝わったと思います。されどそう易々と鑓兼一派が手を引くとは考えられませぬ。父上の拉致監禁にしくじった時点から次なる企てを木挽町の奏者番様は考えておられましょう」

むろん木挽町の奏者番とは田沼意知のことだ。

「磐音、鑓兼も当然このままでは引き下がるまいな」

「中居様、お言葉のとおり、次なる策を巡らすために木挽町の指示を仰ぐはずにございます。お代の方様と鐺兼参右衛門の行動をこの数日注視することが肝心かと存じます」

「磐音、そなたより要望があった弥助と霧子の両人をわが屋敷に入れる一件じゃが、口入屋《くちいれや》を通して留守居役兼用人の下働きとして雇い入れることにした。わが屋敷を拠点に、二人には鐺兼一派の動静を探ってもらおう」

江戸に駐在する大名家は上屋敷、中屋敷、下屋敷、さらには抱え屋敷に分かれて、一種の治外法権に守られながら、それぞれの、

「国」

を形作っていた。むろん百万石の大藩加賀の前田家と一万石の小名ではその「国」の規模は大きく異なった。

中藩の関前藩では、敷地五千四百余坪の上屋敷に、江戸家老、留守居役、用人ら重臣の住む一軒家が幾棟かあった。これらの重臣の一軒家は、「御長屋」とは別に「屋敷」と称していた。

中居半蔵は江戸藩邸の上席二番に出世したため、陪臣《ばいしん》の数を増やしても不思議ではなかった。ために口入屋を通して二人の奉公人を雇うことにしたのだ。

磐音が留守居役兼用人部屋の畳をとんとんと拳で叩いた。すると床下から霧子と思える応答があって、探索方の師弟が早速中居半蔵の屋敷に密かに向かうことになった。

「正睦様、いつ実高様の使者としてこの藩邸に乗り込まれますな」

「半蔵、鑓兼参右衛門の背後に奏者番田沼意知様が控え、その背後には老中田沼意次様がおられる以上、関前藩の都合だけで動くわけにもいくまい。のう、磐音」

と正睦がこれまで多年にわたり、田沼意次一派との暗闘を繰り返してきた倅に問うた。

「いかにも慎重を期すにこしたことはございますまい」

「なんぞ含みのある返答に聞こえるな」

中居半蔵が答えたとき、なんと遼次郎が茶を運んできた。

「物産所には男手しかありませぬ。閑《ひま》なのはそれがしだけゆえ、それがしが茶を淹《い》れました。養父上《ちちうえ》の好みに合いますかどうか」

「遼次郎、奥では一荷が何両もする茶葉を使うておられるようじゃが、頂戴してもちっとも美味《うも》うない。こちらの根性がねじ曲がっているせいか、先方が中居半蔵ごときにこの茶葉は飲ませたくないと思うておられるのが見え見えゆえ、そう感じるのか。それがしは渋茶でも心を込めた茶のほうが好みじゃ」

　と半蔵が言い、

「どれ」

　と喫して、

「ほう、そなた、どこでかような茶の淹れ方を習得いたしした。江戸に女子でもおるのではないか」

　と遼次郎を見た。

「留守居役、義姉上《あねうえ》が、これからは男衆も茶の淹れ方くらい覚えておいて損はございますまい、と湯加減から茶葉の選び方、煮出し加減、器のことなど諸々を教えてくださいました」

「なに、遼次郎はおこんから茶の淹れ方を習うたか」

　正睦が茶碗を両手に載せて、ゆっくりと口に含み、

「なるほど、おこん直伝の茶の淹れ方か。それだけでも尚武館に入門させた甲斐があったというものじゃな」

　正睦までもが遼次郎の茶の淹れ方を褒めた。

磐音はおこんがそのようなことにまで気を配っていたかと、驚きを禁じ得なかった。

「失礼いたします」

遼次郎が下がり、三人だけの話が再開された。

「中居様、父上、こたびの関前藩の一件に、わが長年にわたる田沼派との闘争が絡んでくるとは、正直驚きました。されど、相手方に立って考えてみれば、至るところに手を伸ばして事前に網を張るのは至極当たり前の策でございます。それが偶々《たまたま》それがしの旧藩豊後関前藩であったというだけのことにございます」

「磐音、それがしもつらつら考えた。老中田沼意次、意知様父子の権勢は今や城中で並ぶものなしと承知しておる。豊後関前藩をお取り潰しに追い込むくらい、田沼様にとって容易《たやす》きことであろう。ためにこたびのこと慎重の上にも慎重であらねば、関前藩は取り返しのつかぬ羽目に追い込まれよう」

正睦の言葉に磐音も半蔵も頷いた。

「磐音、手立てはないか」

「豊後関前藩の物産事業に絡む不正を幕府に知られることが一番の懸念にございましょう。江戸家老鑓兼参右衛門が田沼一派の意を受けた隠し爆弾とするならば、これまでの物産事業の取引きの様子、あることとないこと伝えておりましょうな」

「われらは真っ当な事業をなしてきたのじゃぞ」

「中居様、いかにもさようです。その真っ当な事業に長崎口の到来品が加わって、経営規模が広がりましたな。ここまでは、老中田沼一派とて口出しはできますまい」

「じゃが、阿片の抜け荷と江戸での密売が加わるならば、関前藩は大きな火種を抱えたことになろう」

「父上、いかにもさようです。こたびの阿片抜け荷はなんとか水際で阻止しました。そこでまず一つ、われらとしては関前藩の騒ぎは藩内のこととして、なんとか食い止めることが肝要かと存じます。老中田沼様が口出しされることをなんとしても避けとうございます」

「磐音、田沼一派としては尚武館坂崎道場をも豊後関前藩の内紛に関わりあるものとして処断しようと画策しておるのではないか」

「いかにもさように見受けられます。ゆえにこの二つを絡めて幕閣で話題にのぼるようなことをさせてはならぬのです」

「父はそなたらの厚意に甘えて小梅村に宿泊しておる。これとて田沼派にとってみれば、関前藩の内紛に尚武館坂崎道場が関わっている証《あかし》と考えられても致し方あるまい」

「鑓兼参右衛門の出自を手繰《たぐ》れば田沼派に辿り着きます。お互いがそのことは分かった上で、公の場で俎上《そじょう》にのぼらせぬことが大事かと存じます」

「できようか」

と半蔵が呟いた。

「父上、中居様、田沼派の側に立って考えたとき、こちらを滅亡に追い込む好機はいつと考えられますな」

「阿片が南町奉行所に押収された今、次なる機会を待つか」

と半蔵が言った。

「二年前、物産方南野敏雄どのが内藤朔次郎に刺殺された折り、阿片は一度江戸に持ち込まれておりましょう。そのからくりに気付いた南野どのは口を封じられた。鑓兼一派はどこぞに未だ阿片を隠し持っているのではございませんか」

「こたび長崎口の到来品は札差伊勢屋六三郎の蔵の一つに運び込まれた。磐音、伊勢屋ということはないか」

「あるやもしれませぬ。そのことが判明すれば、相手もそうそう動けなくなります」

「札差の蔵にだれぞを入り込ませるか」

「それはわれらにお任せくだされ。時を見て調べさせます。最前のそれがしの問いにございますが、豊後関前藩を、そして、尚武館坂崎道場を巻き込んで一掃する機会があるとしたら、参勤上番で実高様が江戸に出府される機を狙うのではございませんか。参勤下番で国許にあるただ今ではございますまい」

「関前の藩主は福坂実高様ゆえな」

「いかにもさようです」

「となるとしばらく日にちに余裕があるか」

「いえ、ございません」

「磐音、そのほうの言いよう、いささか矛盾しておらぬか」

「父上、こたびの出府、実高様の名代と考えてようございますか」

「まあ、そのようなものか」

と正睦が曖昧《あいまい》に返答した。

「なぜ鑓兼参右衛門一派は父上をこの藩邸内で拉致し、神保小路の日向鵬齊邸に監禁したのか。なぜ秘密裏に始末しなかったのでしょうか」

「はて、それは相手が考えることでな。隠居を目前にした老人を始末しても、大勢になんら影響はないと考えたからではないかのう」

「ご家老、磐音が言うのももっともです。隠密裏に出府した国家老の行動は実高様の意を汲んでのことと考えたからこそ、拉致したのでございましょう。なれど、豊後関前藩国家老坂崎正睦様の出府は公にはないことにございますな。となれば始末してもどこからも文句は出ますまい」

中居半蔵が磐音の言い分に賛意を示すように言った。

「ふむふむ」

と正睦が首肯し、

「磐音、そなたの言うことを信じれば、豊後関前藩の不正を糺そうとする動きと尚武館坂崎道場をはじめとする反田沼派の動きは同根ということになる。田沼派にとって、関前藩を潰すことと反田沼派を潰すことは同列ということじゃな」

「およそそのようなことかと」

「ならば、そなたの父を生かしておいて、さらに有効なる時期に使おうと考えたゆえに、すぐには殺されなかったのではないか」

ふむふむ、と中居半蔵が得心したように呟き、

「ご家老の仰ることも一理ござる」

「であろうが、のう、半蔵」

磐音は正睦の口調になんとなくはぐらかされたような気がした。ともあれ磐音とて父の死を望んだわけではないのだ。生きてこうして話せることがなにより大事であった。

「田舎爺《いなか》はいささか疲れた。磐音、小梅村にそろそろ戻ろうか」

春の陽射《ひざ》しが大きく傾いていた。

「孫の空也と睦月が待っておるでな」

「そういたしましょうか」

「ならば乗り物を用意させます」

と半蔵が手を叩こうとした。

「門弟が昌平橋の船着場に猪牙舟を待機させております」

富士見坂の関前藩邸からさほどの距離はない。

「父と子でゆっくりと歩いていくでな、心配無用」

と正睦と磐音が同時に立ち上がった。

二

坂崎正睦と磐音父子は昌平橋の船着場に待ち受けていた猪牙舟に乗り込んだ。

今日の船頭は霧子ではない。霧子は弥助とともに豊後関前藩の江戸藩邸、留守居役兼用人の中居半蔵の屋敷に口入屋から雇われた体《てい》で入り込んでいた。ために本日の船頭は松平辰平だ。

「辰平どの、待たせたな。相すまぬことであった」

と磐音が身内同然の門弟に詫びた。

「いえ、大してお待ちしたわけではございません」

辰平が答え、猪牙舟を流れに乗せた。

春の夕暮れだ。

なんとなく人の心をときめかせる陽気であり、神田川の両岸から人々のざわめきが伝わってきた。季節は桜の候へと移ろっていた。

「江戸は賑やかよのう」

正睦が呟いた。

「関前とは違いますか」

「そなたが生まれ育った城下じゃ、とくと承知していよう」

「いかにもさようでした」

「白鶴城の石垣の上の桜もほころぶ頃にございましょうか」

短い月日だが関前城下の坂崎家に逗留《とうりゅう》したことがある辰平が父子の話に加わった。

「ふっふっふ、辰平どの、そなた、まるで関前藩士のようじゃな」

「正睦様、それがし、旗本の部屋住みの身、ひっそりと育ちました。関前の坂崎家に居候《いそうろう》をして身内というものをしみじみと感じさせられました。勝手なことですが、それがしの故郷は関前藩、実家は坂崎家と決めました」

「ふわっはは」

と正睦がいかにも愉快そうに高笑いした。

「爺にもう一人跡継ぎどのが増えたわ。めでたいことよ」

磐音は一瞬、博多の大豪商箱崎屋《はこざきや》次郎平《じろべい》の末娘、お杏《きょう》のことを思った。遠く離れた二人の若者の想いがこの先、どう展開するのか。

(余計なことであったな)

磐音は己が心に言い聞かせた。

「それがしが外に出たお蔭で、遼次郎どの、辰平どのと二人の跡継ぎができましたな」

「悦ばしいことである」

正睦が満足げに言った。

「と申されて隠居するなどと言い出さないでくださいまし」

「そなたが藩に残っておれば、すでにそれがしはご奉公を辞し、盆栽などを弄《いじく》っておったやもしれぬ。じゃが、世間というもの、そう都合よくはいかぬ」

「こたびの騒ぎの解決の目処が立たねば、父上の国家老致仕《ちし》も隠居も当分お預けでございます」

「なんともつらいことよ」

と応じた正睦に疲れが見えた。だが、決して機嫌は悪くないと磐音には思えた。

「今津屋どのはこの界隈《かいわい》であったな」

「遅くなったついでに挨拶に伺いますか」

「いや、こたびの用がすべて終わったときに、挨拶が遅れたことを詫びがてら参ろう。本日は小梅村に戻り、起きておる空也と睦月の顔を見たいでな」

「すっかり好々爺になられましたな」

うむ、と磐音の言葉に応じた正睦がいきなり言い出した。

「磐音、関前の側室お玉様はただ今懐妊しておられる」

磐音が啞然《あぜん》として正睦の顔を見た。

「それはなんとも目出度き話ではございませぬか」

「還暦《かんれき》を越された実高様に初めて実子が誕生される。それがしが空也や睦月に感ずる以上の感慨がおありであろう」

磐音は、父がようやく明和三丸に密かに乗船して江戸に出てきた真の理由に触れたのではないかと思った。

「父上、このことを国許の隠れ鑓兼一派は摑んでおりましょうか」

「医師に告げられたとき、即刻お玉様を関前領内の湯治場黒湯《くろゆ》に匿《かくま》い、それがしが信頼する家臣どもと女衆をつけた。城下と黒湯の隠れ家の連絡《つなぎ》は井筒源太郎《いづつげんたろう》と伊代《いよ》に命じておいた」

井筒家と坂崎家は、関前藩の家臣の付き合いを超えて血縁以上の間柄だ。嫡男の源太郎は磐音の妹の伊代と所帯を持ち、すでに子を二人なしていた。そして、源太郎の実弟遼次郎は、坂崎家に養子に入り、跡継ぎに決まっていた。

「鐺兼一派は知らぬのですな」

「病治療という名目で家臣との面会を謝絶しておるゆえ、鐺兼一派もこのことには気付いておるまい」

磐音はしばし沈思した。

「父上、日を追って老獪《ろうかい》になられますな」

「どういうことか」

「豊後関前の触れてはならぬ懸念は、実高様、お代の方様にお子ができなかったことにございましょう」

「いかにもさよう。これまでもそれがしは幾たびとなく殿に側室を、でなければ、しかるべき他家から養子をと願うてきた。だが、そのたびに殿はお考えがあってのことか、断られてきた。じゃが実高様は去年還暦を迎えられ、もはや実子は無理かと思うていた矢先の朗報じゃ」

「お玉様は、鐺兼参右衛門が殿とお代の方様との仲を裂こうと画策してあげた側室にございましたな。それを父上は巧妙にも利《おとし》されましたか」

「磐音、利したなどと、主家の慶事を貶めるかの如き言い様はよくないぞ」

「いかにもさようでした」

「それがしがいくら勧めても側室をもうけられなかった殿であったが、関前藩の獅子《し》身中《しんちゆう》の虫が送り込んできたお玉様を側室にされ、結果懐妊なされた。敵方はおそらく実高様にもはや子をなすお力はないと考えていたのであろう。じゃが、ここでお玉様が懐妊されたとなれば、事態は大いに異なることになる。殿とお玉様の間の子を大事にせねばなるまい」

「いかにもさようです。そこで父上は明和三丸に母上とともに乗り込み、江戸に出てこられて、生まれくるお子を世継ぎにと幕府に願い出るおつもりですか」

「まあ、そのようなところかのう」

正睦が曖昧な返事をした。

磐音は父の出府にはまだなにか隠されたことがありそうだと推測した。だが、お玉の懐妊に触れたように、正睦が自ら話し出さないかぎりどうにもならぬことだと思った。

「わが父ながら、昼行灯様は古狸《ふるだぬき》にございますな。それがしが坂崎家に残り、関前藩家臣であったとしても、父上ほどの手練《てれん》手管《てくだ》は使えませぬ」

「なにやらわしが策士のように聞こえるな」

「父上、このこと中居様はご承知にございますか」

「かようなことは身内をまず騙《だま》せねばうまくいかぬ。ゆえに未だ話してはおらぬ。磐音、辰平どの、春の陽気が爺の口を軽くしてしもうた。このこと、二人の胸にしばらく留めておいてもらいたい」

磐音も辰平も首肯した。

「この際にございます。今ひとつお伺いしてようございますか」

「なにか」

「速水左近様とお二人だけで談義なされましたが、このことを速水様には願われたのですか」

「そなたが考えるようなことではないが、内々にご相談申し上げた」

「となると、父上の江戸出府の要件の半分はお済みになったということにございましょうか」

「磐音、物産事業を隠れ蓑に阿片の抜け荷をなし、関前藩を、ひいては反田沼派の急先鋒のそなたを死に追いやろうとする企ては生きておる。そう容易なことではないわ。ともあれ、船中は揺れるでな、あまり考えがつかなかった。じゃがな、鑓兼一派がそれがしを拉致して監禁してくれたゆえ、十分に考えをまとめることができた。お玉様の懐妊といい、それがしの監禁といい、鑓兼参右衛門に感謝しなければならぬな」

正睦がとぼけた口調で言い、辰平の漕ぐ猪牙舟は大川に出ていった。

しばし大川を漕ぎ上がる猪牙舟に沈黙の刻が流れた。

磐音は正睦が西空を凝視しているのを見た。春宵《しゅんしょう》を迎える大川の流れと江戸の町並みの向こうに夕焼けの空を背景に重々しくも鈍色《にびいろ》の富士があった。

富士の峰は磐音が初めて江戸に出てきた明和六年以来、剣術修行に明け暮れる磐音を勇気づけ、迷い悩む心を慰撫してくれた。

磐音にとって富士山は、何者も穢《けが》すことのできない清浄無垢《むく》な霊峰だった。

父がどのような思いで、夕暮れの富士を眺めているか推察がついた。豊後関前藩を再び襲った藩騒動に、

「人とは幾たび愚かな行為を繰り返すのか」

と考えている姿だった。

磐音は黙したまま富士に向かい、合掌した。

暮れ六つ（午後六時）過ぎ、正睦、磐音父子が乗る猪牙舟は小梅村尚武館坂崎道場の船着場に帰り着いた。門前に人影があって、何事か話し合っていた。

「利次郎、なんぞあったか。正睦様と若先生が帰られたぞ」

と辰平が声をかけた。

人影の中で一段と大きな影は明らかに重富利次郎だった。小さな影は小田平助と早苗のように思えた。

「お帰りなされませ」

門前の人影が船着場に下りてきた。早苗の密やかな声が利次郎にかけられたのが分かった。

「どうしたな」

磐音が尋ねた。

「いえ、若先生、なんでもございません。尚武館とは関わりなきことにございます」

「早苗どの、武左衛門《ぶざえもん》どのがどうかなされたか」

「はい、いいえ、そうではございません」

と早苗が否定したが、かたわらの利次郎が、

「早苗さん、そなたの父御と若先生は十年来の知己ではないか。事情を話したほうがよくはないか」

「利次郎様、内輪の話にございます」

と必死で拒む早苗に、

「利次郎どのが言われたとおり、武左衛門どのはわが大事な朋友である。なにがあったかお話しなされ」

と諭《さと》すように命じていた。それでも早苗は躊躇《ためら》った。

「お帰りなされませ」

と声がしておこんが尚武館坂崎道場の門前から姿を見せた。

「おこん、遅うなった。父上はお疲れゆえ、母屋にお連れして湯に入ってもらい、膳を供してくれぬか」

と磐音が願った。

「磐音、おこん、もはや敷地の中じゃ、迷うこともない。それがしは先に戻っておるでな」

正睦が言い残して、門前へと消えた。

「磐音様、武左衛門様は修太郎《しゅうたろう》様の行く末について勢津《せつ》様と激しく口論なされ、今日の昼過ぎに安藤《あんどう》家の下屋敷を飛び出していかれたそうです。それを妹の秋世《あきよ》さんが案じられて、早苗さんに相談に見えたのです」

「それは心配じゃな」

「若先生、お恥ずかしい話にございます」

「心当たりは探したか」

　はい、と答えた早苗は覚悟をしたか、

「父の知り合いと申しましても、こちらか品川柳次郎《しながわりゅうじろう》様のところか、地蔵《じぞう》の親分さんの蕎麦《そば》屋か、宮戸川くらいにございます。利次郎様方のお手を借りて聞き回りましたが、どこにもおらぬそうな」

「ほう、それは案じられるな」

　と返事をした磐音が小田平助を見た。

「わしもくさ、早苗さんと一緒に品川さんの屋敷を訪ねたばってん、この二、三日姿を見せんげな。それよりくさ、柳次郎さんが言いなさるにはくさ、武左衛門さんが近頃考え込んでおったげな。長屋を飛び出したきっかけはたい、修太郎さんのことでくさ、おかみさんと口喧嘩になったことかもしれんばってん、なんかたい、気にかかることがあってんことじゃあなかろか」

「悩みごとですか」

「若先生、父の言動をまともに受け取ってはなりません。思い付きで動く父ですから」

「いかにもいかにも。武左衛門様は思い付き以外で動くことなどないものな、早苗さん」

　利次郎の言葉に早苗が哀《かな》しげな表情をした。

「利次郎、もう少し考えてものを言え。早苗さんの気持ちが分からぬか」

「なに、それがし、それほどひどいことを言うたか」

「いえ、利次郎様の仰るとおりです、致し方ございません。若先生、父のことです、腹立ちまぎれに飛び出していったのです、怒りが鎮まればふらりと戻って参りましょう。どうか、母屋にお入りください」

　早苗が言ったとき、隅田川の土手道からばたばたと足音が響いて神原辰之助《かんばらたつのすけ》が姿を見せた。

「おお、辰之助、そなた、金兵衛《きんべえ》さんの長屋に問い合わせに行ったのだったな。あちらにも立ち寄ってはおるまい、無駄足であったな」

　と利次郎が決め付けた。

「利次郎さん、なぜそう言えるのです」

「ならばなにか手がかりがあったか」

「若先生、かような書状を金兵衛さんに預けていかれたそうです」

住み込み門弟の辰之助が書状を差し出した。

「置き文か、ならば道場に参ろうか」

磐音は武左衛門の書状を受け取ると、一同とともに道場に向かった。道場の入口に行灯《あんどん》が持ち出され、磐音は灯りの下で書状の表書きを確かめた。すると、

「ご一統様」

とごつごつとした、なんとも大きな文字が目に入った。

「早苗どの、勢津どのを呼ばずともよかろうか」

「父のことです。母にというより、若先生をはじめ尚武館の皆様方に宛てた書状かと存じます」

「早苗さん、金兵衛さんの話では、いささか思うところあって旅に出ることにした。皆には案ずるなと伝えてくれと言われるので、文くらい残して行きなされと言うと、この書状を認《したた》められたそうです」

「父が旅にですか。路銀とて懐にございますまいに」

娘の早苗がそのことを案じた。

「そのことですが、武左衛門様が金兵衛さんに、出世払いで路銀を用立ててくれ

と掛け合われたそうです」

「なんということを。金兵衛さんは父に金子などお貸しにならなかったでしょうね」

　とこんどは借金を心配した。

「お貸しになったのですか」

「早苗さん、それが」

　と早苗が悲鳴を上げた。

「早苗さん、そう深刻に考えるものではありませんよ。お父っつぁんとて古狸です、人並みの知恵は持っております。辰之助さん、一分も貸されましたか」

「いえ、二分だそうです」

「お父っつぁんとしたことが奮発したものですね」

「金兵衛さんが言われるには、無一文で旅に出てよからぬ了見を起こしてもならねえと二分渡した。二分で旅している間に頭も冷えて里心がつこうとのことです」

「さすがはわが舅どの。なかなかどうして武左衛門どのの行状を心得ておられる。では、この書状、披《ひら》いてよかろうか、早苗どの」

「お願い申します」

早苗が応じて磐音は巻紙に書かれた書状を披いた。すると表書きに負けず劣らずの大きな字がごつごつと飛び散っていた。

〈尚武館ご一統様

無常の風に誘われ、吾、西国遍路の旅に出る事を決したり

人間五十年、下天《げてん》の内をくらぶれば夢まぼろしの如くなり

吾、行かむ、果てなき道を孤影引いて旅をせん

徒然《つれづれ》の遍路旅に生きてある己の来し方行末を考えん　武左衛門〉

磐音は書状を早苗に回した。早苗が何度か父の文字を追い、

「呆れてものが言えません」

と呟いた。

「それがし、武左衛門様の気持ちが分からぬではない」

と珍しく利次郎が武左衛門の行動を支持した。

「早苗さん、勢津様が案じておられましょう」

おこんが声をかけると、

「ご迷惑ながら、母に知らせてきてようございますか」

と早苗が願った。

「ならば早苗さん、それがし同道しよう。利次郎、そなたも来い」

と辰平が命じて、磐音が、

「二人に願おう。早苗どの、この書状を勢津どのにお見せなされ」

と書状とともに許しを与え、三人は陸奥《むつ》磐城平《いわきたいら》藩安藤家の下屋敷に走って向かった。

「どげんでしょうかな、武左衛門さんの遍路旅はくさ」

「お父っつぁんの推量があたっているような気がします。二分がなくなったら江戸に戻ってこられますよ」

小田平助の問いにおこんが答えた。

「いずれにしても武左衛門どのの行動が分かったのです。帰りを待つしかござるまい」

「若先生、こん界隈にくさ、武左衛門さんの影がおらんち考えるとくさ、なにやら急に寂しゅうなったと。わしも旅に出とうなったばい」

「小田平助どの、困ります」

と磐音が慌てた。

「今や尚武館坂崎道場の屋台骨を支えておられるのは、小田平助どのの槍折れの妙技にございますでな」

「若先生、冗談たい。日照《ひで》りの下や夜露《よつゆ》にうたれて旅することがくさ、どげん苦しかこつか、まだ武左衛門さんは知らんもん。三、四日の旅でん、ちったあ薬になろうたい」

小田平助の言葉で武左衛門の家出騒ぎは一先《ひとま》ず静まった。

三

尚武館の周りにあれこれと事が起こっていた。

そんな中、豊後関前藩江戸藩邸の留守居役兼用人の中居半蔵方に男衆、女衆として雇われた二人がいた。鑓兼一派の動静を探るために藩邸内の屋敷に潜入した弥助と霧子である。

一方、小梅村では磐音が住み込み門弟、通いの門弟らの朝稽古が始まるや道場に出て、ふだんどおりに指導をなしていた。そんな日常の繰り返しの中で、紀伊徳川家が坂崎磐音を、

「剣術指南」

に命じた一事は、尾張徳川家にいささか衝撃を与えた。

坂崎磐音との付き合いは、紀伊より尾張のほうが早かった。また尾張では尚武館坂崎道場が小梅村に開かれて以来、即座に藩道場の師範格馬飼籐八郎《とうはちろう》の実弟十三郎らを通い門弟として送り込んで入門させていた。

その尾張に先んじて、紀伊が坂崎磐音を剣術指南に指名した背景には、むろん磐音の剣術の技量と人柄を認めたことが第一に考えられた。だが、それとは別にして、十代将軍徳川家治の強い支持を受けて幕閣を思いのままに支配する、成り上がり者の田沼意次、意知父子への、

「反感の情」

が親藩譜代《ふだい》大名の間にあったということだ。

紀伊徳川家は尾張以上に強い反感を持っていた。なぜならば田沼家の出自を辿れば、紀伊藩に行き着く。八代将軍吉宗が紀伊藩主どころか部屋住み時代、田沼意次の父意行《おきゆき》は吉宗の家来の一人にすぎなかったのだ。それが吉宗の出世双六《すごろく》とともに意行の地位も上がり、その実子意次の異例の出世と台頭にも繋《つな》がった。それが今や御三家紀伊藩と老中田沼意次の立場は逆転した感さえあったからだ。

ともあれ御三家の尾張と紀伊がこぞって、

「直心影流尚武館坂崎道場」

に門弟を送り込んで反田沼の旗幟《きし》を鮮明にして支持した。紀伊藩の剣術指南内定は満天下にそのことを示したことになる。これは一剣術家の坂崎磐音の再起にとって実に心強い出来事であった。

この朝、磐音は尾張徳川家の南木《なぎ》豊次郎《とよじろう》らに順次指導を行い、最後に馬飼十三郎と竹刀を交えた。

小梅村に毎朝のように船で通ってくる尾張藩家臣の中で急速に実力をつけたのが十三郎だった。小田平助直伝の富田天信正流《とだてんしんしょう》の槍折れの稽古を十分に積んだお蔭で腰と足がしっかりとした。その分、攻めと防御に力強さと安定性が増して、重富利次郎とほぼ同じ力を付けていた。

それだけに磐音とて気が抜けない。正面からの堂々とした攻めを受け止めながら、時に十三郎の体が崩れた瞬間、
びしり
と体の均衡が崩れた個所を叩いて無言の指摘をなした。

十三郎も師の的確なる指摘を即座に呑み込んで体勢を立て直した。そんな稽古

が四半刻《しはんとき》（三十分）近く続いた後、磐音が十三郎の胴打ちを弾《はじ》き返して、
すいっ
と下がり、十三郎も即刻竹刀を引いて、

「ご指導有難うございました」

と師に礼を述べた。

「十三郎どの、力を付けられたな。長足《ちょうそく》の進歩に驚きました」

と笑いかけた。

「いえ、先生の優しいお言葉に自信を得て辰平どのに立ち向かいますと、こっぴどく叩きのめされ、自信を喪失いたします。その繰り返しにございます」

「もはや辰平どのや利次郎どのと紙一重か、ほぼ力が拮抗《きっこう》しています。あとは……」

「実戦経験の差でございますか、師匠」

「さあて、そう言い切ってよいかどうか。ともあれ弛《たゆ》まず精進したゆえ確実に力と技を身につけておられるが、そのことをそなた自身が分かっておられぬ。その辺りに辰平どのに後《おく》れを取る因《もと》がありそうな。江戸勤番に代わられた兄上と稽古をなされることがござろうか」

「籐八郎兄め、近頃、それがしと稽古をするとかたちが崩れると称して立ち合いを避けております」

と苦笑いした十三郎に磐音が言った。

「兄上はそなたの成長を承知しておられるのです。ゆえに様子を見ておられる」

「兄者に厳しく手合わせを申し込んでみます。ああ、そうだ、危うく忘れるところでした。先生、江戸藩邸に出府されておられる両家年寄竹腰忠親《たけのこしただちか》様より、一度坂崎先生のお暇の節に江戸藩邸にお越しいただきたいとの言付けにございました」

「それがし、尾張滞在中、たいそう世話になりながら、江戸に戻ったにも拘《かかわ》らずお屋敷に伺うてお礼言上をなしておりませぬ。また、そなたらの道場入門を申し出てくださったことへの返礼もまだじゃ。近々、必ずやご挨拶に参りますとお伝え願えぬか」

「畏まりました」

馬飼十三郎が引き下がり、磐音は磯村海蔵と籐子慈助を呼んで、

「磯村どの、籐子どの、このところ熱心に稽古に通ってこられるで、足腰がしっかりとしてきたように見受けられます。御両者、よう飽きずに基本の稽古を続け

られた。どれほど身についたか立ち合いをいたしましょうか。まず磯村どの」

磐音の言葉遣いは旧藩の門弟に対しても丁寧だった。

「お願い申します」

と応じた海蔵に緊張が走った。

尚武館佐々木道場時代からの門弟であった二人だ。もっと力をつけていてもよいはずだった。だが、家基の暗殺騒ぎをめぐる大騒動とその後、田沼一派に江戸を追われて磐音が流浪の旅をなしていた三年半余の間に、剣術の稽古を怠っていたせいで、

「元の木阿弥《もくあみ》」

に帰していた。そこで磐音は再入門した二人を速水兄弟や設楽小太郎ら若年組に入れて、基本の体づくりから再稽古を命じていた。海蔵と慈助にすれば関前藩から岩林ら新しい入門希望者を得て、いわば若年組からの昇格試験を受ける気持ちだった。

二人にとって坂崎磐音は神格化された元家臣であり、剣術家であったのだ。直に指導すると言われて、体が硬直した。

「固くならずともよい。小田平助どのや依田師範のご指導どおりに無駄な力を抜

いて、打ちかかってこられよ」

「はっ」

と答えた海蔵だが、五体がこちこちに固まったままだ。

「それでは稽古になりませんぞ。いったん竹刀を手から放しなされ」

慈助も呼んで二人して肩の力を抜くよう命じ、その場で、
ぴょんぴょん
と跳躍をさせた。そして、両手をぶらぶらと振り回させるうちに無駄な力が抜けてきた。

「よし、これでよかろう。息の続くかぎり攻めに徹しなされ。ただし、一つ一つの技を丁寧にな、粗雑になるようならばこちらから反撃いたしますぞ」

「はい」

と改めて返答した海蔵が、再び手にした竹刀を正眼に構えて息を整えた。しっかりと磬音の目を見た海蔵が、

「ええいっ」

と力を込めた気合いとともに踏み込んできた。

海蔵の面打ちが不動の磬音を襲い、磬音が引き付けておいて軽く弾いた。体が

横手に流れかかったが、海蔵は必死で体勢を立て直し、磐音の小手《こて》を狙い、さらには胴打ちに変じて力の限りの攻めを続けた。上体が流れ、腕の振りだけに頼った攻めだが、足腰が以前よりしっかりとしているので、大崩れすることなく攻めが続けられた。

海蔵の腰が浮いたところで磐音は稽古を制止した。

「磯村どの、よう辛抱なされた。明日より一般組に混じっての稽古を許します」

と言葉を貰《もら》った海蔵に安堵の笑みがあった。

籐子慈助は海蔵よりも粘り強い攻めを見せ、こちらも一般組への昇格がなった。

朝稽古が二刻半（五時間）に及ぼうとしたとき、磐音は玄関先に品川柳次郎の姿を認めた。

磐音は稽古終わりの柔軟体操の指導を小田平助に願うと、玄関に向かった。

「稽古を邪魔して申し訳ございません」

と柳次郎が詫びの言葉を口にした。

「母が武左衛門の旦那《だんな》のことを気にするものですから、なんぞあればと思い、母と一緒にお尋ねに上がりました。旦那の行方は知れましたか」

「幾代《いくよ》様も案じておられましょう」

武左衛門と幾代、会えば片方が迂闊なことを口にし、もう片方が窘《たしな》めるというお定まりの光景が見られた。だが、武左衛門の身をいちばん案じているのは幾代だった。

「品川さん、無常の風に誘われて西国遍路の旅を目指されたそうな。わが舅金兵衛どのに書状を残して行かれました」

「呆れた。路銀とて持ち合わせておらぬだろうに」

「そのことですが、舅どのに二分を借り受けて江戸を離れたそうです」

「すべて他人頼みですか、なんとも呆れた話だ。そのような余裕がどこにあるというのだ。武左衛門の旦那め、妻子の心配も考えずに勝手なことをしおって」

柳次郎が怒った。だが、行動を案ずるがゆえの怒りであることは、磐音にも察せられた。

「幾代様はどちらに」

「おこんさんのもとに伺うております」

「ならばわれらも母屋に参りましょうか」

磐音と柳次郎は尚武館から庭伝いに母屋に向かった。泉水のかたわらに差しかかると、縁側から賑やかな笑い声が風に乗って聞こえてきた。

「まさか武左衛門の旦那が戻ってきたのではないでしょうね」

「いえ、違います。わが舅どのです」

「金兵衛さんが憐憫《れんびん》などかけて二分を渡すものだから、武左衛門は西国遍路などに出かけたのだ、貸した当人は呑気《のんき》なものだ」

「舅どのは、二分がなくなれば江戸に戻ってくると読んでおられるようです」

「なるほど、それもそうですね。腹を減らし門付《かどづ》けまでして旅をする根性は武左衛門の旦那にはありませんからね」

　柳次郎が早速考えを改めた。

「十年余前、われらもまた竹村さんと一緒で明日の糧《かて》さえなき暮らしでした。品川さんは家を継がれ、それがしもまた流浪の旅の末に今津屋どのの厚意でこうして尚武館坂崎道場を開くことができました」

「武左衛門の旦那とて大小を捨て、安藤家下屋敷の中間《ちゅうげん》として奉公する道を選んだのです。だれのせいでもない、自らが選んだ暮らしなのです」

「人それぞれ、異なった道を歩むしかないのですがな」

「旦那はわれら三人の中で一番年長のくせに、どういうことですか。人というものは、突き詰めれば生から死に至るまで独りで歩いていかねばならぬということ、それを未だ分かっておらぬ」

柳次郎の言葉には優しさが滲《にじ》んでいた。

磐音、柳次郎、武左衛門の三人は十年余前、今津屋の雇われ用心棒として知り合って以来の付き合いだった。磐音にとって、身分も職種も年齢も超えて付き合える無二の仲間だった。

「武左衛門どのはわれらの中で一番純粋無垢な心の持ち主ですからね」

「ただし、始終付き合うのはご免です」

二人が母屋に歩み寄ると、縁側で正睦、照埜、幾代に金兵衛が、空也と睦月を見守りながら茶を喫し談笑していた。ここにも身分や暮らしを超えた長閑な集いがあると磐音は思った。

「あのお方は」

と柳次郎が磐音に尋ねた。正睦と照埜のことだ。

「豊後関前のわが父と母です」

「えっ、ご夫婦で江戸見物に出てこられましたか」

「二人とも孫を見に来たと言うておりますから、そのような気分やもしれません」

磐音は柳次郎に心配させまいと、藩船に潜んで出府したことなどは話さなかった。

正睦はお代の方と鑓兼参右衛門との対決を残していたが、なにかを待つ様子で、自ら動こうとはしなかった。

「おや、稽古は終わったかえ」

と金兵衛がまるでこの家の住人のような口調で訊いた。

「婿どの、幾代様も武左衛門の旦那のことが気になって様子を見に来られたんだとよ」

「品川さんから聞きました」

「坂崎さん、それより豊後関前の父上様と母上様が出てきておられるなど、ちっとも知りませんでしたよ」

柳次郎が恨めしそうに応じてさらに言い足した。

「母上、お二人は空也さんと睦月さんのお顔を見にこられたそうな。なかなかできることではございません」

「柳次郎、なにを呑気なことを言うておられます。大名家の国家老様が奥方様を伴い、国許を出られることがどれほど大変なことか、そなたには察しがつきませぬか。深い事情がおありになっての江戸出府ですよ。ねえ、金兵衛どの」

「まあ、そんなところでしょうかね」

金兵衛が曖昧に返事をした。

柳次郎が磐音の顔を見た。

「われら無二の友と思うておりましたが」

「品川さん、それがしとて父母の出府を知らされておりませんでした。豊後関前藩の出来事ゆえ、ただわれらも傍観しているしか手はないのです」

「坂崎さんが傍観ですと、それは無理だ。ましてお父上が国家老を務めておられるのです、坂崎さんも未だ関わりがありましょう」

「品川柳次郎どのじゃな。倅が世話になっており申す。それがし、磐音の父の坂崎正睦にござる」

「あっ、これは、挨拶が遅れました。それがし、坂崎さんとは長年の付き合いの品川柳次郎にござる」

「母御から付き合いの諸々を聞き申した。こたびのこと、倅がざっと触れましたが藩内のことにござってな、それがしと古女房連れ立って江戸に孫の顔を見に出て参ったことにしてくだされ。幕府に知れるといささか厄介になるやもしれませぬ。ここは見て見ぬふりをしてくださるのがわれらには有難い」

　正睦に白髪頭を下げられた柳次郎が困った顔をした。

「その代わりさ、幾代様に柳次郎さんよ、武左衛門の旦那のことを頼むぜ。わしはさ、今日明日にも江戸に戻ってくると踏んでるんだ。そんときはよ、宜しく頼みますぜ」

　金兵衛の差配に幾代も柳次郎も頷くしかない。それでも幾代が言い返した。

「金兵衛どの、その一件、たしかに幾代が承りました。最前もおこんさんと話し合い、こちらの帰りに安藤家のお長屋に立ち寄って勢津どの方の様子を見て参ろうかと思います」

「母上、案外、昨夜のうちに武左衛門の旦那、密かに戻ったりしてはおりますまいな」

「柳次郎、ありうる話です。大体、武左衛門どのは形《なり》は大きいが肝っ玉は小さい方ですからね」

　と親子が話すところにおこんが姿を見せた。早苗が後ろから重箱でも包んだような風呂敷包みを持参していた。

「幾代様、品川様、宜しくお願い申します。早苗さんも勢津様の様子を知りたいでしょうから同道させます」

おこんが品川母子に願った。

「よろしゅうございます。ここは一つ、幾代にお任せくだされ」

と縁側から立ち上がった幾代が、

「坂崎様、照埜様、本所北割下水《ほんじょきたわりげすい》の御家人の暮らしなどご存じございますまい。関前への土産《みやげ》話の一つに、いつなりともお立ち寄りくださいませ。お待ちしております」

と正睦と照埜に挨拶し、

「柳次郎、参りますぞ」

と倅に命じた。

「坂崎さん、いいですか。それがしでよければいつでも馳《は》せ参じます。お仲間の端に加えてくださいよ」

柳次郎がそれでも言い残し、早苗と柳次郎を従えた幾代が母屋の庭から出ていった。

「どこも年寄りが元気だね」

「そういうお父上様も十分元気にございますよ」

「おこん、お父上様というのは正睦様のことか、それともわしのことか」

「決まっておりましょう。お父っつぁんのことですよ」

「ちぇっ」

と舌打ちした金兵衛が、

「おこん、早苗さんが持った重箱の中身は食いものだな」

「姑《しゅうとめ》様に手伝うてもろうてつくった煮しめや赤飯です」

「食いものより先立つものが、あの家には要《い》るんじゃないか」

「お父っつぁんの娘はだれにございますか」

「そりゃ、おめえだ」

「いかにも坂崎磐音の女房こんにございます、抜かりはございません」

おこんが胸を叩いた。

「亭主への二分に追い銭、一家にはいくら包んだえ」

「わが父上様の品のないこと」

おこんの言葉に磐音がにやりと笑い、正睦が高笑いした。

四

この日の昼下がり、磐音は猪牙舟に乗り、深川佐賀町を訪ねていた。

船頭は重富利次郎である。

品川幾代と柳次郎母子が磐城平藩安藤家の下屋敷に立ち寄り、北割下水に戻ったと思える頃合い、豊後関前藩の新しい物産所組頭に就いた稲葉諒三郎の使いが小梅村に訪ねてきて、

「蔵屋敷での荷の蔵出しを見物に参られませぬか」

との口上が届けられた。正睦に話すと、

「稲葉も励みになるであろう、見てやってくれ」

と言うので利次郎に願って舟を出したのだ。

磐音は羽織なしに袴を穿《は》いた形《なり》で、春の陽射しを避けるために菅笠《すげがさ》を被《かぶ》っていた。

利次郎は、このところ霧子が関前藩の中居半蔵の屋敷に住み込み、鑓兼一派の動静を探っており、顔を合わせないために寂しげだった。そこで磐音が同行を求

めたのだ。

「わが旧藩のことで弥助どの、霧子をとられ、利次郎どのには寂しい想いをさせてすまぬな」

「なんのことがございましょう。尚武館坂崎道場は世直し道場にございますれば弥助様や霧子が御用に一命を賭すのは当たり前のことです。寂しいことなどございましょうか」

利次郎がなんとも年寄りじみた言葉を吐いた。

「世直し道場な、それほどご大層なものではないが。ところで、利次郎どの、中居様のお屋敷ではいたく霧子の働きが気に入り、尚武館から常雇いで引き取りたいと中居様が仰ったそうな。霧子にその意思があるやなしや訊いてみようか」

磐音が独り言のように呟くと、

「わ、若先生、そ、それはいけませぬ、なりませぬ」

と櫓を漕ぐ手を忘れて悲鳴を上げた。

「そうか、ならぬか」

「霧子が御用のために小梅村を離れるのと関前藩の中居様のもとで奉公するのとでは、えらい違いです。それは困ります」

さらに強い口調で抗議した。

「利次郎どの、そなたの実家から霧子についてなんぞ言うてこられたか」

「はっ、はい。当人には言うておりませんが、わが両親も霧子をいたく気に入り、利次郎の嫁には勿体《もったい》ないなどと言うておるそうな。ともかく実家ではそれがしの奉公先を探しておるようです」

「さようか、それはよかった」

と答えた磐音だが、だんだん子飼いの門弟衆が剣術修行を終えて巣立《すだ》っていくことを喜ばしく思うかたわら、また一抹《いちまつ》の寂しさを感じてもいた。

「若先生、勘違いをなさらないでください。それがしと霧子、田沼一派との戦いに決着がつかぬかぎり若先生のもとから離れるような無情な真似は、決していたしませぬ」

「そなたら若い者たちまで、わが戦いに縛りつけておくことなどできようか。実家から得難き申し出があれば霧子ととくと相談しなされ」

「いえ、それがしはどなたがなにを仰られようと、未だ道半ばの剣術修行に勤《いそ》しみます。そのことを霧子も賛同してくれるはずです」

磐音は利次郎の言葉に小さく頷いた。

豊後関前藩が蔵屋敷を設けた深川佐賀町は、金兵衛長屋のある深川六間堀町をさらに大川河口に下った場所にあり、仙台堀に架かる上之橋から中之橋を上佐賀町、中之橋から油堀に架かる下之橋までを中佐賀町、下之橋から南を下佐賀町と称した。

この界隈は、江戸の内海の奥と大川河口に近いゆえ、陸奥仙台《せんだい》藩伊達《だて》家の蔵屋敷をはじめ、御船手組屋敷や上総《かずさ》大多喜《おおたき》藩松平《まつだいら》家の下屋敷があった。

町の由来は寛永《かんえい》六年（一六二九）まで遡《さかのぼ》る。

摂津国から江戸に来た八人の漁師が幕府に願い出て汐除堤《しおよけつつみ》外の干潟《ひがた》を埋め立てて町にし、それぞれの名をとって町名をつけた深川漁師町八か所の一つであったそうな。

豊後関前藩蔵屋敷の敷地は、五百余坪あった。大川から蔵屋敷まで荷船が入り込める堀留があって、利次郎が、

「若先生、あの辺りですね。荷船が菰《こも》包みの荷を積んでいますよ」

と言って、堀留へと猪牙舟を入れた。確かに堀留に接した蔵屋敷の船着場に二艘の荷船が止まり、海産物と思《おぼ》しき菰包みを積み込んでいた。

船着場の一角では、新しく物産所組頭に就いた稲葉諒三郎が額に汗を光らせて、

陣頭指揮を取っていた。その背後には前任者の中居半蔵と若狭屋の番頭義三郎が控えていた。

「中居様」

と利次郎が声をかけた。

「おお、尚武館の若先生と利次郎どののご入来か」

「蔵出しは順調ですか」

「それがしと若狭屋の番頭どのが稲葉の後見だぞ。なんの支障があるものか」

と中居半蔵が答え、利次郎が船積みする場所から少し離れた石垣の杭《くい》に猪牙舟を舫った。

磐音は舟から河岸に跳び移り、半蔵と義三郎のもとに歩み寄った。

「それがしがかつて住まいいたした六間堀近くに、関前藩がかような蔵屋敷を設けておられるとは努々《ゆめゆめ》考えもしませんでした」

「物産事業が始まった当初、荷も少なかったでな。いきなり富士見坂に運び込み、手《て》隙《すき》の藩士が集まり、品定めや仕分けをしていた時期もある」

「それがしが承知なのはその頃まででございます。藩物産所の建物で事が足りていると思うておりましたが、まさか仙台公伊達様と並ぶような蔵屋敷をお持ちとは大変な出世です」

「それもこれも、そなたが下地を作ってくれたお蔭だ」

「それがしが関前藩の物産事業に関わったのはわずかな歳月にございます。中居様や若狭屋どのの力があったればこそ、かような蔵屋敷を設けるまでに至ったのです」

「そのようにそなたに褒められると尻がこそばゆい。元々この蔵屋敷は干鰯《ほしか》〆粕《しめかす》魚油問屋の多田屋《ただや》なる商人の蔵があった場所でな。若狭屋が、出物の蔵地がございますが、購う気はございませんかと話を持ち込んできてくれたのがきっかけでな。最初見たとき、何年も使われていなかったゆえ荒れておって、決して見てくれはよくなかった。だが、なにせ大川河口に近く蔵屋敷の立地としては申し分ない、ゆえに若狭屋の申し出をうけて無理したが、今になってみればかような出物は滅多にあるものではない、と気付かされた。五百余坪、伊達様の蔵屋敷の十分の一と広くはないが、豊後関前藩として頃合いの物件であった」

「いかにもよき買い物であったかと存じます」

磐音の言葉に義三郎が大きく頷いた。

「まあ、これだけあれば、明和三丸が二隻同時に佃島沖に到着したとしても、荷を運び込むことができます。中居様も仰いましたが、大川河口付近でもはやこのような蔵屋敷の出物はございません、よい買い物にございました」

中居半蔵が顎《あご》を撫《な》でながら、

「こたびの荷も大半がはけた。本日で荷の蔵出しも終わる。そなたにこの蔵屋敷のことを自慢したかったのじゃ。それもこれもそなたらのお陰じゃからな」

と頭を下げた。本日の半蔵はなんとも殊勝だった。

「中居様としたことが珍しいこともございますもので。それがしに頭を下げられるなど明日の天気は大丈夫でしょうか」

「荷を運び出した後ならば、春の大嵐が襲い来ようともわれ関せずじゃ」

と半蔵が余裕を見せた。その上で、

「正睦様はどうしておられる」

「まるで隠居のように空也と睦月のそばで一日を過ごしておられます」

「ふむふむ、隠居然としてな」

磐音は父がなにかを待ち受けていると承知していたが、それがなにか察しがつかなかった。

「中居様、父はなにを待っておられるのです」

「鑓兼一派との対決を避けておられると考えたか」

「いえ、そうではございません。ですが、わが父はなにしろ関前の昼行灯と評判の御仁にございます、なにを考えておられるのやらそれがしにも正直推測もつきませぬ」

磐音は、正睦が国許にある側室お玉の懐妊を巧妙に利用すべく画策していると思っていた。だが、懐妊三か月のややこが無事に生まれるのかどうか、はたまた男子か女子か分からぬ以上、幕府への働きかけもできまいと考えたりしていた。

「昼行灯様の心の中を覗《のぞ》くのは実の倅でも難しいとなれば、われらに推量はつかぬのも当然か。われらはまず一つひとつ、物事を片付けていこうと稲葉や若狭屋と話し合い、荷の蔵出しを優先してきた。次はなんとしても正睦様のご出馬を願いたいものじゃ」

中居半蔵が言ったとき、堀留付近に大勢の男たちを乗せた船が二艘姿を見せた。

春の陽射しは西に傾いていたが、怪しげな連中が跋扈《ばっこ》するにはいささか早い刻限だった。

「中居様、また嫌がらせにございますぞ」

稲葉諒三郎の声が緊張していた。

「嫌がらせとは、なんでございますか」

「鑓兼一派はこの蔵屋敷が喉から手が出るほど欲しいのじゃ。かような海産物や乾物の蔵ではなく、長崎口の到来物の蔵として使いたいのであろう。あれこれ手を替え品を替えて嫌がらせを仕掛けてきおる。過日など肥船《こえぶね》が何艘もこの堀留に突っ込み、荷積みの邪魔をしおったわ。稲葉、待機しておる面々を呼べ」

前任の物産所組頭が新任の組頭に命じた。稲葉がかたわらにいた帳面方に命じて、蔵屋敷に走らせた。

男たちを乗せた二艘の船は、利次郎が止めた猪牙舟を横目で睨みつつ、船着場に近付いてきた。

磐音は利次郎を見て頷いた。それで師弟の間では意が通じた。

利次郎はわざと二艘の船を奥に入り込ませ、自らは猪牙舟の艫《とも》にひっそりと座したままだ。だが、体のかたわらには棹を引きつけていた。

「なんじゃ、そのほうら」

中居半蔵が近づいてきた二艘の船の面々に大声で質した。浪人者が四、五人混じっていたが、残りの十人ほどは袖から入れ墨を覗かせた半端やくざばかりだ。牢に入ったことを自慢げにして脅《おど》しに使おうという魂胆の輩《やから》は、木挽町の奏者番田沼意知か、あるいは側近の命で嫌がらせに来たのだろう。

「へえ、お侍。わっしらね、さる筋から頼まれごとをされましてね、この蔵屋敷を差し押さえに来たんですよ」

先頭の船に乗り込んでいたやくざの番頭格の男が着流しの裾を片手で摘《つま》んでからげてみせた。すると足には大蛸《おおだこ》の足が刺青《いれずみ》されていた。蛸の頭は背中にでも彫られているのか。

親分と思しき大男はこの季節だというのにどてらを着込み、銀煙管《ぎんぎせる》を弄んでいた。

「そのほう、どこのだれか」

「へえ、わっしら、霊岸島新堀《れいがんじましんぼり》を縄張りにしている仏《ほとけ》の市蔵《いちぞう》一家、わっしは代貸《だいがし》の蛸八《たこはち》でさあ」

と足にまで刺青した代貸が名乗った。

磐音らが立つ河岸《かし》道《みち》の下に漕ぎ寄せた二艘の船の胴の間には、尖らせた青竹の先を焼いて固めた竹槍や鳶口《とびぐち》が積み込まれていた。そして、なにやら筵《むしろ》が掛けられたものがこんもりと盛り上がっていた。

「仏の市蔵とやら、だれに頼まれた」

「わっしら、客の素性《すじよう》を明かしたんじゃあ、明日からおまんまの食い上げでさあ」

と蛸八が嘯《うそぶ》いた。

「さようか。ならば問うまい。この蔵屋敷はな、わが豊後関前藩が旧の持ち主から正当な取引きで入手したものじゃ。しかるべき役所も認めておる。そなたらの雇い主に伝えよ。この蔵屋敷は豊後関前藩の所有でしたとな」

「それが違うのでございますよ。市蔵親分の懐には、その昔多田屋から譲り受けたという証文が入っておりましてね、どうか大人しく立ち退《の》いてくだせえ」

「馬鹿をぬかせ。大金を支払い、あれこれ手を入れた蔵屋敷を、見ず知らずのやくざ者に渡せるものか。そのほうらこそ早々に立ち去れ」

中居半蔵が命じ、その背後に関前藩の物産方の家臣六人が、鉢巻《はちまき》襷がけで槍を携えて姿を見せた。緊張していた物産方の家臣たちが、その場に磐音がいることに気付き、急に張り切った。

「そのほうら、早々に立ち去らぬと、怪我《けが》をすることになるぞ」

物産方の一人が中居半蔵のかたわらから怒鳴った。

「おい、先生方、野郎ども、商売の仕来りが分かってねえようだ、こんな木《こ》っ端《ぱ》侍を相手にしてもしょうがねえや。こっちは明和七年(一七七〇)の夏に多田屋から譲り受けた証文があるんだ。かまうことはねえ、蔵屋敷を乗っ取っちまいな」
代貸の蛸八が叫ぶと、子分の一人が筵を剝《は》がし、棒の先に括《くく》りつけた竹籠《たけかご》を高々と掲げてみせた。するとそこにはどこで捕まえてきたか、蝮《まむし》や青大将がひと固まりになって絡み合っていた。
蛇使いの男が竹籠の蓋を開いて、河岸に立つ中居半蔵らにぶちまけようとした。
磐音は見ていた。
猪牙舟が、
すいっ
と近づいて、利次郎が竹棹を堀留から引き抜くと、何十匹もの蝮や青大将を入れた竹籠を河岸道に投げ上げようとした男の腰を、
とーん
と突いた。
毎朝、小田平助から指導を受ける富田天信正流槍折れの稽古の賜物《たまもの》か、軽く突いたようで急所を捉えた一突きだ。

「あああっ！」

と悲鳴を上げた蛇使いの男が体の均衡を崩すと、竹籠の口から蝮や青大将が落ちてきて首に絡み付き、恐怖に顔を引き攣《つ》らせた。

「た、助けてくれ」

竹籠は堀留の水に落ちたものの、船中には何匹かの蝮が零《こぼ》れて、船から船着場に跳び上がろうとする者や、二艘目の船に跳び移ろうとして堀留に落ちる者など、惨憺《さんたん》たる有様だ。

利次郎は二艘目の船に向かうと、中腰で立ち上がる用心棒侍ややくざどもの胸や腹を竹棹で次々に突いて、水中に落としていった。そこには蝮が泳いでいる、男たちは恐怖に顔を歪《ゆが》めた。

「ひ、引き上げだ！」

どてらを着込んだ仏の市蔵親分が叫び、船頭が後ろ向きに必死で船を下げようとした。

「た、助けてくれ」

とか、

「ふ、船に引き上げてくれ！」

などの悲鳴や絶叫が上がる中、冬眠から覚まされたばかりの蝮や青大将が水上を泳いで大川河口のほうに逃げていった。

利次郎は船から逃げ出そうとした蝮を竹棹の先端に絡めて、どてらの親分の首筋に突き付け、

「念のためじゃ、古証文をこちらに貰おうか」

と命じた。

「ま、蝮を、ど、どけてくれ！」

「眠りを急に覚まされた蝮だ、怒っておるぞ。こやつに嚙《か》まれたら、仏の親分もころりといくな。一命は保証できぬ」

「や、やめてくれ」

「古証文を出せ。出さねばこの蝮、そなたの首に巻き付けようぞ」

利次郎に脅された親分がぶるぶると震える手で古びた書付を出すと、利次郎の猪牙舟に向かって投げた。が、古証文は舟まで届かず、水上に落ちた。

利次郎は棹の先の蝮を相手の船の中に振るい落としておいて、水に浮かぶ古証文を竹棹ですくい上げ、猪牙舟を堀留の奥へと向けた。

仏の市蔵一家の混乱は極みに達し、這《ほ》う這《ほ》うの体《てい》で堀留から大川の合流部へと

逃げていった。

「利次郎どの、手柄じゃ」

磐音が声をかけて褒めた。

「これ、そのほうら、鉢巻に襷がけと勇ましいが、なんの働きもしておらぬではないか。喧嘩というものはあのようにするものじゃ。尚武館坂崎道場の門弟重富利次郎どのの爪の垢《あか》でも煎《せん》じて飲むがよい」

中居半蔵が上機嫌で言い、面目《めんぼく》を大いに施した利次郎が、

「中居様、古証文にございますぞ」

猪牙舟から棹を伸ばすと、河岸道の半蔵に差し出した。

「利次郎どの、お手柄じゃ、そなたがなんぞ困った折りはこの中居半蔵を訪ねよ。尚武館坂崎道場ではまともな給金も貰えまい。豊後関前藩はかように物産事業で利を得ているでな、そなた一人くらいなんとでもなるぞ」

「中居様、その折りはお願い申します。されどそれがしには二世《にせ》を契った女子がおりますで、独り者のようには参りませぬ。まず所帯者としてのお長屋が要ります。それに、俸給はいかほど出していただけますな」

「ふっふっふ、この際と思い、あれこれ売り込みおるな。よいよい、それくら

いの厚かましさがなければこれからの物産事業はやれぬでな。よし、決めた」

と中居半蔵が叫んで、磐音の顔を見た。

「なにを決められました」

「重富利次郎どのは部屋住みであったな」

「いかにもさようです」

「藩の諸々が解決した暁《あかつき》には、国家老の正睦様にお願い申し、そなたの門弟を一人といわず五、六人は召し抱える算段をこの中居半蔵が請《う》け合う」

「おや、やくざ相手の立ち回りで仕官がなりますか。師のそれがしは関前藩を抜けた、いわば脱落者にございますぞ。その師が育てた門弟が関前藩のお役に立ちましょうかな。利次郎どのとも霧子ともとっくりと相談の上、師匠のそれがしから返答させてもらいます」

磐音が受け流した。

いつの間にか、堀留の水が西日に染まり、そんな中、水上を蝮が一匹悠然と泳いでいた。

第四章　祝い着

一

この日の昼前、珍しい人が小梅村を初めて訪ねてきた。

おそめに案内された呉服町の縫箔師の江三郎だ。小梅村の豪農の娘の婚礼衣装の縫箔を頼まれているとかで、打ち合わせに行った帰りだという。

尚武館坂崎道場ではそろそろ朝稽古が終わろうとする刻限で、磐音は紀伊藩江戸藩邸の御番衆田崎元兵衛《たさきげんべえ》の相手をしていた。田崎は紀伊藩に伝わる神当流の継承者で、中祖は有馬大炊頭満丈だ。

磐音とほぼ同年の田崎は、背丈こそ五尺六寸そこそこだが、足腰ががっちりと鍛え上げられ、力が強そうな体付きをしていた。

お互いに正眼で構え合った。田崎は初めて竹刀を交えた磐音のゆったりとした構えに得心するように頷いた。

紀伊藩では、徳川家基の剣術指南だった坂崎磐音が藩主直々《じきじき》の懇請により、「藩剣術指南」に就いたことで、その人柄や剣の力量があれこれと取り沙汰《ざた》されていた。田崎は藩主が磐音に剣術指南を命じた場にいなかったが、あとからそのことを聞き、

（最初に立ち合《お》うてみたい）

と心中密かに思っていた。そこで本日、若い同僚二人とともに小梅村に出かけてきたというわけだ。

想像していたよりも小さな道場で、門弟の数も少なかった。だが、直心影流尚武館坂崎道場の槍折れの振り回しに始まる多彩で濃密な稽古に驚きを禁じ得なかった。

田崎ら三人が小梅村に着いたのは七つ半（午前五時）の刻限だったが、すでに庭で六尺余の樫棒《かしぼう》を振り回して飛び跳ねるように前後左右に動き回る稽古の最中だった。

稽古着に着替えて道場主の坂崎磐音に挨拶しようとしたが、稽古は次から次へ

と休みなく続き、三人が、

（どうしたものか）

と道場の隅に立っていると、玲圓時代からの高弟田村新兵衛《たむらしんべえ》が、

「そこな、お三方、挨拶は後回しで稽古をなされませぬか」

と稽古相手を指名したため、すぐに尚武館の熱気の渦に巻き込まれていった。

それから二刻（四時間）余、汗を絞り切るほどに動き回った。稽古の途中で下がった田崎元兵衛はいきなり磐音から、

「よう小梅村に参られた。お相手を願えませぬか」

と気軽に声をかけられ、

「坂崎先生、それがし」

と名乗りかけると、

「紀伊藩に伝わる神当流の田崎元兵衛どのですね」

と反対に磐音が言ったものだ。

休みなく稽古を続けながら、紀伊藩から通ってくる者に初めての稽古者の名を聞いたか、聞かされたか、道場主の心配りと気の遣い方に田崎は驚かされた。こう先手を取られては恐れ入るしかない。

「未だ入門の手続きすらしておりませぬが」

「この道場では身分や履歴は関わりございません。手続きなどはあとで宜しゅうござる。道場では互いが無心に竹刀を交えるのみです」

と竹刀を構え合った。そして、

（これが居眠り剣法か）

と、春先の縁側で日向ぼっこをしながら、居眠りしている年寄り猫と、あまりにも有名な構えに感じ入った。

そのとき田崎元兵衛は、一矢《いっし》報いられないまでも坂崎磐音の構えを崩してみたいという欲望に襲われた。田崎も紀伊藩ではそれなりに知られた剣の遣い手だった。

「坂崎先生、参ります」

声をかけた田崎が神当流の正眼から竹刀の先端を水平に寝かせるように移すと、その構えのままに踏み込んでいった。

静から動へ電撃の攻めである、気配もない変化に初めての対戦者はだれもが戸惑った。だが、磐音は不動の構えはそのままに田崎を内懐まで引き入れた。

（なんたる無警戒か）

間合いに入り込んだ水平の竹刀の先端が、
ひょい
と胸に上がり、突いた。
(仕留めた)
と田崎は確信したが、見物の門弟衆は驚かない。
ふわり
と微風が戦《そよ》いだ感じで竹刀の動きを見つつ、磐音は自らの竹刀で軽く押さえた。
すると田崎の竹刀の突きが止まった。いや、止まったばかりか、膠《にかわ》で二本の竹刀がくっつけられたように微動もしなくなった。押しても引いても動かない。
磐音の体は相変わらず不動のままで、顔には笑みを浮かべていた。
田崎は咄嗟に横手に走った。すると磐音が田崎の動きに合わせて、
つつつつ
と横移動してきた。
(なんということか)
二人は蟹の横走りで小さな道場の神棚付近まで移動し、田崎は足を止めざるを得なかった。するとその瞬間、上から押さえられていた磐音の竹刀が、

ぱあっ
と外された。

田崎はその機を逃さず、手もとに手繰らずに突いた。

弾かれた。

田崎は突きを繰り返しつつ、相手の体勢を崩そうとした。だが、磐音の姿勢と表情は対峙したときから変わっていない。ただ、横走りさせられただけだった。

田崎は、一、二、三と拍子をとりつつ攻めを繰り返し、突然、

「一、二」

の間拍子《まびょうし》で磐音の体に体当たりしようと試みた。体当たりで相手の体勢が崩れたと見るや、飛び下がりながら引き小手《こて》を放つ、神当流というより、田崎家に伝わる体と体を寄せての鬩《せめ》ぎ合いを一気に解消するための技だった。

だが、田崎が下から突き上げるようにぶつかっていった相手の坂崎磐音に、
ふわり
と受け止められたばかりか、反対にゆったりと押し返された。

（なんという余裕か）

体勢を必死で立て直した田崎は再び間合いを詰めて、神当流の必殺技、

「連技百本」

と呼ばれる電撃の連続攻撃を見せた。それは技を繰り出しながら、
ぐいぐい
と体で押し込んでいき、相手の体の崩れに乗じて仕留める戦場往来の時代から伝わる仕留め技だった。

ところが磐音は「連技百本」を丁寧に弾き返してみせた。

疲れたのは攻める田崎元兵衛だった。攻め疲れて打つ手がなくなった。

その瞬間、

「ご免」

と磐音が声を発して、竹刀が躍り、田崎の面に一撃が襲い来た。

田崎は咄嗟に間合いを外そうとしたが体が動かない。

どすん
と重い衝撃が脳天を見舞って、田崎はその場に押し潰されるように崩れ落ちた。

「ふうっ」

という吐息が道場に流れた。

江三郎とおそめは、目を凝らして二人の対戦を見ていた。おそめは六間堀の浪

人さんが、

「変わった」

と思った。あの頃とは別人の坂崎磐音であった。

「田崎どの、しばらくそのまま横になっておられよ」

と磐音が言うところに設楽小太郎が、

「先生、濡れ手拭《てぬぐ》いにございます」

と井戸水で濡らして固く絞った手拭いを持参した。

「小太郎どの、よう気が付かれたな」

「私も先生の一撃を食らって床に寝るほどの稽古を、いつの日かつけてもらいとうございます」

「ならば近々立ち合おうか」

と言いながら磐音が長々と寝そべったまま顔を横に振る田崎に、

「動いてはなりませぬぞ」

と額に濡れ手拭いを押し当てた。

「魂消《たまげ》たな」

と江三郎親方が呟いた。

「おめえに若先生が変わったと聞いていたが、ありゃ、縫箔でいえば神の手を持つ師匠様の技だ」

「六間堀の浪人さんはどこにもおられません」

「さなぎが蝶になったなんて譬《たと》えがあるが、そんなもんじゃねえ。対戦なさった方の動きを見切って相手していなさる。坂崎様の背はいつも重い荷を負うておられるからな。わっしらも見倣わなきゃならねえ」

はい、とおそめが答えていた。

床に転がっていた田崎元兵衛が、

「もう大丈夫です」

と起き上がろうとするのを磐音が介添えしてその場に起こした。すると田崎がその場に正座し、

「坂崎磐音様、それがし、紀伊藩田崎元兵衛にござる。尚武館坂崎道場の通い稽古をお許しくだされ」

と改めて名乗ると頭を下げた。どうやら磐音の一打から意識が完全に回復していないらしい。

「わが尚武館は、来られる者は拒まずでございます。道場の戸はいつでも開いて

おります、田崎どの」

　と手を取って田崎を立たせた。

　その様子を言葉もなくただただ驚きの目で田崎の朋輩《ほうばい》二人が見ていた。紀伊藩江戸屋敷の中でも田崎元兵衛は三指に入る剣術家だった。それが大人と童子の力の差を見せつけられたのだ。

「佐貫《さぬき》、田崎様があれでは、われら坂崎先生に稽古をつけてもらうどころではないな。足元にも寄れぬぞ」

「通うのをやめるか、常春《つねはる》」

「いや、せめて坂崎先生の目に留まるまで通い続ける」

「よし、それがしも決めた」

　と若い二人の間で話が決まった。


　半刻後、道場から母屋に磬音が下がり、一緒に江三郎親方とおそめも従った。

　居間の縁側にはだれもいなかった。

「おこん、呉服町の江三郎親方がおそめさんを伴い、見えておる」

　と台所に向かって声をかけると、

「早苗さんが教えてくれましたゆえ承知ですよ」

　とおこんがお盆に茶菓を載せて姿を見せた。

「おこんさん、すっかりご無沙汰《ぶさた》しております。江戸に戻られたとお聞きしておりましたが、挨拶もせず申し訳ございません」

「親方、無沙汰はお互いさまですよ。それより私どもが旅から小梅村に戻った直後におそめさんと幸吉さんが訪ねてきてくれましたね。あの折り、二人してすっかり職人の凜々《りり》しい顔に変わっているのに一目見て気付き、驚きました」

「お蔭さまで倅の季一郎が修業した京西陣の縫箔の大親方中田芳左衛門《なかたよしざえもん》様のもとに、そめも出向くことになりました」

「そう速水様のご兄弟から聞きましたよ。おそめさんは頑張り屋です。江三郎親方のご指導と相俟《あいま》って京に修業に上がるなんて深川の誉《ほまれ》です」

　おそめは黙ったままだ。

「そめ、なにか答えねえか」

「坂崎様、おこん様、お二人のお助けで江三郎親方のもとでの修業が叶いました。その頃の初心に返って京に参ります」

　きっぱりとしたおそめの答えだった。

「おそめさん、そなたなら必ず一廉《ひとかど》の縫箔師になられよう。楽しみじゃな」

磐音の言葉に、

「怖いです。でも歯を食いしばって大親方の教えを身に付けます」

とおそめが胸中の決意を語った。

「そめ、おこんさんに出して見せねえ」

江三郎の言葉に、おそめが持参していた風呂敷包みを丁寧に解いた。すると畳《たとう》紙《がみ》が現れ、おそめがおこんの膝の前に、

「気に入っていただけるかどうか、睦月様のお宮参りには間に合いませんでしたが、なんぞの節にお使いいただけませんか」

と言いながら差し出した。

「なんでしょう」

と言いながら、

「この場で畳紙の中を拝見してもようございますか」

とおこんがおそめの顔を見ると、おそめがこっくりと頷いた。

おこんが姿勢を改め、畳紙を開いた。すると白絹に花づくし文様も細やかに縫箔が施されて、一羽の白鶴が羽をはばたく祝い着であった。それは気品の中にな

んとも華やかな、産着の上にかける涎《よだれ》かけ、通称あぶちゃ、ちゃんと呼ばれるものだった。あぶちゃんは、乳児の魔除《まよ》けや健康を祝って被り物と一緒にお食いぞめの儀式の折りなどに使われた。

「これをおそめさんが縫箔されましたか」

「仕事が終わったあと、独りで作業場に籠って縫《ぬ》い上げたのでございますよ。そめはうちに来たときから、絵心があって仕事も丁寧でしたが、その上、だれよりも針を持つ時が長うございましてね。弟子を前にして言うこっちゃないが、これだけの縫箔を仕上げる職人はそう滅多にいるもんじゃありませんよ」

「おそめさん、よう頑張られましたね。うちの睦月には勿体のうございます。過日、浅草寺《せんそうじ》へお宮参りに連れていきましたが、産土神《うぶすながみ》の三囲《みめぐり》稲荷には生誕百日のお食いぞめに参ろうかと考えておりました。その折り、必ずや使わせてもらいます」

おこんが、おそめの心のこもった力作を伏し拝むようにして胸に抱いた。

「睦月はどうしておる。静かじゃな」

と磐音がおこんに訊いたものだ。

「はい、舅様姑様が、早苗さん、空也、それに睦月まで連れて、船であるところまでお使いに出ておられます」

「なに、父上母上も一緒に使いじゃと、どこであろうか」

「もうそろそろお戻りです」

「坂崎様の父上様と母上様が江戸においでにございますそうな。わっしらはそろそろこの辺でお暇《いとま》いたします。そめが京に旅立つ前に改めて挨拶に来させます」

「江三郎親方、わが舅様姑様に会うていってくださいまし」

とおこんが言うところに玄関口に人の気配がして、

「母上、ただ今戻りましたぞ」

と空也の元気な声がして、正睦、睦月を抱いた照埜を従えて居間に姿を見せた。

「姑様、お宮参りの祝い着が届きました」

おこんが照埜の腕に抱かれた睦月に、おそめ作の白鶴が舞う花尽くしの祝い着を掛けた。

「おお、これは、なんと艶《あで》やかな白鶴ですこと。どなたが縫箔をなされたのですか」

照埜の問いにおこんがおそめを差した。

「なんと、若い娘の身でようもこれだけのものを、頑張られましたな。親方様への感謝を忘れてはなりませんよ」

「はい」

おそめが畏まって答えた。

「なんぞ婆から褒美《ほうび》を差し上げたいものじゃが」

と照埜が言うところに、
ぷーん
と鰻の蒲焼の匂いが漂ってきた。

「江三郎親方、おそめさん、昼餉をうちで食していってくださいまし。そのために舅様姑様が使いに行ってくださったのです」

幸吉が鰻の蒲焼を大きな木桶に入れて、座敷に持ち込んできた。そして、この場にいるおそめを見て、

「あっ、おそめちゃんだ」

と立ち竦《すく》んだ。まさかこの場におそめがいるなんて思わなかったのだ、驚きの顔にそれが見えた。

「おこん様、わっしより鰻を食べさせたい人間がいましたな」

と江三郎が笑って、

「このまま呉服町に戻ったら、そめに一生涯恨まれそうだ」

と言い出した。

「幸吉さん、鰻が冷めますよ。おそめさんは本日親方と一緒ですから、幸吉さんもここで一緒に昼餉を食べていってください。それとも、鰻はもはや食べ飽きましたか」

幸吉がようやく顔を和ませ、答えていた。

「おこん様、職人が店の品を食することなど滅多にございませんよ。いつもなら、二つ返事で自分の焼いた鰻を食べるところだが、今日ばかりは喉を通りそうにもありません」

「おや、なぜですな、幸吉どの」

照埜が訊いた。

「照埜、そなたは察しがつかぬか。早苗さんがわざわざ宮戸川で、幸吉どのの焼いた鰻を一人前多く入れてくださいと願うたのは、おこんの差し金であろう。おそめさんと一緒に食べさせたかったのであろう。どうじゃ、違うか、おこん」

正睦がおこんに質した。

「いかにもさようです。幸吉さんとおそめさんはうちのお父っつぁんの縄張り内の、深川六間堀の長屋で育った幼馴染《おさななじ》みなんです。今ではお互いに立派な鰻職人、縫箔職人になろうと励まし合っているのです、姑様」

「なんとも麗《うるわ》しい話です。おそめさん、幸吉どのの丹精《たんせい》こめた鰻をいただきなされ。婆も頂戴しますでな。江戸は食べ物が美味《おい》しゅうございますで、江戸に来て随分と目方が増えました」

と照埜が笑い、

「また帰り船でお痩《や》せになりましょう。ささっ、ご一統様、深川名物鰻処宮戸川の蒲焼を頂戴しますよ」

とおこんの声が響いて、ふだんとは違った昼餉が始まった。

二

城下がりの途次、速水左近が小梅村の尚武館坂崎道場を訪ねて事が動き始めた。

珍しく正睦が朝稽古を見所から見物しているところに飄然《ひょうぜん》と速水が入ってきて正睦の隣に座り、何事か話しかけた。すると正睦の表情が一変し、しばしその表情のまま視線を速水に預けていた。そのあと、ゆっくりと居住まいを正して深々と頭を下げた。

偶然、磐音は門弟衆の稽古を見ていて、その様子を目にした。磐音はなにが起こったのか分からなかったが、父の挙動からして待ち望んでいたことが速水左近によってもたらされたことを知った。

朝稽古がいつものように終わったとき、見所の二人はすでに姿を消していた。磐音は、依田鐘四郎と小田平助の二人に体をゆっくりと解《ほぐ》す稽古の指導を願って、道場から母屋へと引き上げた。すると尚武館裏の竹林の小道で霧子に会った。

霧子と弥助は豊後関前藩の中居半蔵の屋敷に奉公の体《てい》で入り込み、鑓兼一派の行動を見張っていた。霧子が小梅村に戻って来たということは、

「関前藩邸でも動きがあった」

ということだ。

「若先生、速水左近様がお待ちにございます」

「道場から父とともに引き上げられたで、そう思うた。霧子、そなたのほうにもなんぞ変化があったようじゃな」

「本日、関前藩の奥方様が芝居見物のため市村座《いちむらざ》に行かれるそうで、江戸家老の鑓兼様も同道しておられます。最前藩邸を出られましたゆえ、私が知らせに参り

ました。一行には師匠が付いて見張っております」

「ただの芝居見物ではないと弥助どのは推察されたのかな」

「芝居見物の折りは必ず帰りに葺屋町《ふきやちょう》の料理茶屋に立ち寄られます。その際、だれかと会うのではないかと師匠は考えられたようです」

「相分かった。霧子、速水様のお話を聞いてのち、それがしもそなたに同道して二丁町《にちょうまち》に行くことになるやもしれぬ。待ってくれぬか」

「ならば、道場にてお待ちいたします」

霧子が言い残して道場に向かった。霧子とて利次郎の顔を見たいのであろう、磐音は霧子の背からそう感じた。

母屋では二分咲きの桜を愛《め》でながら速水左近と正睦が縁側で談笑していた。そんな二人の様子になにか寛《くつろ》いだ感じがあった。

「お待たせ申しました、速水様」

と磐音が声をかけると、

「稽古を早く切り上げたのではないか、用はすでに済んだ」

速水が肩の荷を下ろした表情で磐音に言ったものだ。

「父が速水様に願いごとをしておりましたか。父子して速水様に頼り切りで申し訳ございませぬ」

　磐音は養父玲圓亡きあと、磐音の後見役として玲圓の代わりを務める速水に一礼した。

「お互いさまじゃ、磐音どの。いささか根回しが要ったで日にちがかかってしまい、正睦どのに気を揉《も》ませてしもうたようじゃ。まあ、なんとか事が成ってよかった」

「速水様、有難うございました」

　と重ねて礼を述べた磐音は正睦を見た。

　正睦は両手に茶碗を持って、泉水のほとりに立つ桜を眺める体でなにか思案していた。そして、磐音の視線を感じたか、眼差《まなざ》しを巡らし、

「磐音、照埜と二人、明和三丸の一室に籠って江戸に出てきた甲斐があった。事が済んだら、そなたからも速水左近様にきちんと礼を述べてくれぬか」

「正睦どの、礼ならばただ今磐音どのから頂戴いたしました。なによりわれら、亡き佐々木玲圓先生を通しての付き合いにございましてな、磐音どのとはいささか歳は違いますが、互いに助けたり助けられたりの仲でござる。改めての礼など要りませんぞ」

と応じた速水の顔も晴れ晴れしていた。

「父上、なんぞなすべきことがございましょうか」

「そのことを思案しておった」

と答えた正睦が、

「明日、豊後関前藩江戸藩邸を訪ねる」

と宣告した。どうやら速水左近が城中で何事か画策した結果を持って、お代の方、鑓兼参右衛門と対決する覚悟を決めたと推察された。

「父上、念を押すまでもなきことですが、福坂実高様の名代としてでございますな」

「いかにも殿の名代としての訪問になる。ゆえに今日じゅうに藩邸に使いを立て、明日の訪問を知らせておきたい」

「使いはそれがしが手配いたします。それでようございますか」

「願おう」

と応じた正睦が、

「最前、速水様から供揃いをなした乗り物をお貸しくださるとのお言葉を頂戴した。お借りしたものかのう」

「父上は関前藩の国家老にございます。中居様に迎えをと申せば、その仕度を整えて小梅村に参られましょう」

「となると、江戸藩邸に一時じゃが反鑓兼一統の家臣が少なくなり、なんぞ不都合が起こらぬともかぎらぬ」

「正睦どの、磐音どの、奏者番速水家の乗り物で関前藩邸に乗り付けなされ。そのほうがこたびのこと、万事うまくいくような気がいたす」

と速水も口を添えた。

「幕閣の要職にある速水様が一大名家の国家老にそのような申し出をなされて、後々城中で悪い噂が立つようなことはございませぬか」

「磐音どのは心配性か。それがしはおこんの養父じゃぞ。その舅が配慮してなにが悪かろう」

速水は磐音の杞憂を一蹴した。

「速水様がそう判断なさるのであれば、父上、ご厚意をお受けいたしましょうか。その供揃いにそれがしが加わってようございますか」

「そなたについては関前を出る折り、殿より磐音の力を借りよとの命《めい》を承《うけたまわ》ってきた。藩を離れて久しいそなたの力を借りるのは父としても心苦しいが、旧藩がこと、今いちど力を貸せ」

「はい」

磐音が返答すると、正睦が頷いた。

「速水様、父上、お代の方様と江戸家老鑓兼参右衛門はただ今市村座にて芝居見物の最中にございますそうで。弥助どのの話では芝居見物が終わった後、料理茶屋に立ち寄るのが習わし。その場でだれぞに会うのではと推測しているようです」

「ほう、あちらも動き出したか」

「物事が蠢動《しゅんどう》するときは、とかくかようなものにございましょう。ともあれ、お代の方様と鑓兼の帰邸が深夜になるのは、こちらにとって好都合にございます。あちらはそれだけ明日の対応が後手になりますからな」

と応じた磐音は、

「それがし、芝居小屋に参る所存にございます。父上、なんぞなすべきことがございましょうか」

磐音は、正睦の書状を届けるのはお代の方と鑓兼参右衛門らが帰邸する直前にしようと考えた。

「そうじゃな、もはや肚《はら》は固まっておるで明日を待つだけじゃ」

と正睦が言い切った。

磐音はおこんを呼んだ。

「おこん、髪結いを呼んでくれぬか」

「舅様の御髪《おぐし》にございますね。いつ呼びましょうか」

「父上、明朝でようございますか」

「田舎爺を磨き立てようという算段か。そうじゃな、本日じゃと折角の髪が崩れるやもしれぬ。なにせこのところ白髪になるわ、髪も少のうなるわで、髪結いに苦労をかける。おこん、手間がかかる髪じゃが、だれぞ心当たりはおろうか」

「こんにお任せくださいませ」

「江戸も小梅村では知り合いとてないでな」

「倅と嫁がこうして控えております、ご安心くださいませ。衣服は継裃でようございますか」

「磐音のものではいささか大きかろうな」

「いえ、舅様の身丈に合うた継裃を誂えてございます」

「相変わらず、なすことが手早いのう」

「今津屋で躾《しつ》けられたこんでございますよ、養父上」

とおこんが速水左近に笑いかけ、

「亭主どの、そなた様の形《なり》も整えてございます」

「そなたには苦労をかけるな」

と磐音が言葉をかけて、

「坂崎家は女子で保《も》っておる家系かのう」

と思わず正睦が呟いて、速水と磐音の二人して微笑んだ。


磐音はその日の昼下がり、速水左近の行列に従い、吾妻橋《あづまばし》を渡って表猿楽町まで速水を送り届け、芝居小屋の並ぶ二丁町へと足を向けた。その途中、磐音は霧子を先に葺屋町の料理茶屋に向かわせ、今津屋に立ち寄った。

「おや、坂崎様、今年の第一便の海産物はすでにはけたそうですな」

昼下がりのこと、店にはまばらな客しかいなかった。商いがら、両替商今津屋は朝のうちと夕暮れ前に立て込んだ。

由蔵《よしぞう》はそう言うと磐音を店座敷に招いた。

「若狭屋から知らせが入りましたか」

磐音は落ち着いたところで問い直した。

「いえ、中居半蔵様の使いが見えて、お蔭で今年も無事に商いが始まったとご挨拶を受けた上に、鰹節に若布《わかめ》、椎茸などあれこれと頂戴したのですよ。うちは若狭屋を紹介しただけのこと、船が着くたびに律儀にご挨拶をなさる要はないのですがな」

「いえ、若狭屋と関前藩が親交を持つようになったのも、今津屋どのの口利きがあったればこそ。関前藩は足を向けて寝られますまい」

「以来、中居様が律儀に物産をあれこれと届けてくださいます。ですが、もう十年近くが経ちました。もう十分にお礼は頂戴しましたと、中居様に坂崎様の口からお伝えくださいさい」

「中居様が留守居役を兼ねた用人に昇進なさり、稲葉諒三郎どのが新しい物産所組頭に就かれました。届け物はこれが最後かもしれません」

「そうでしたね、それならよろしいのですが」

と由蔵が応じて、

「正睦様はどうしておられます」

「父は明日、豊後関前藩邸を藩主福坂実高様の名代として訪れる予定にございます」

「そうでしたか、いよいよその覚悟を決められましたか」

「本日、速水左近様が城下がりの途次、小梅村までおいでくださり、父と話し合われました。その後、それがしは父から明日の上屋敷訪問を告げられました。父は速水様になんぞお願いしておったようです」

「ほう、速水左近様が動かれましたか。坂崎様には推測がつきませぬか」

「父はできるだけそれがしを旧藩の争いに巻き込みたくないと思うてか、話してくれませせぬ。ゆえにおぼろな推量しかできませせぬ」

「明日の会見の場に坂崎様は従われますな」

「実高様の命もあり、父の警護方として従います」

「それがようございます。それにしてもお一人でよろしゅうございますか」

「すでに弥助どのと霧子が中居屋敷の男衆、女衆として入り込んでおります。中居様を筆頭に反鑓兼一統もおられますゆえ、父の供はそれがし一人でようございましょう。ともあれ、藩邸内で鑓兼一派と反鑓兼一統がぶつかり合う事態だけは避けとうございます」

　頷いた由蔵が、

「お代の方様はどうなされたのでございましょうな。あれこれと巷《ちまた》では悪い噂が流れておるようです」

と案じ顔で言った。

「悪い噂とは、どのようなことにございましょうか」

「関前藩の奥方と江戸家老の間が怪しいなどという類《たぐい》にございますよ。まあ、このような風聞は拠《よ》り所のない下司《げす》の勘繰りでございますから、あてにはなりませぬ。ですが、往々にして百に一つの真実が紛れていることがございます。それがないことを祈っております」

「由蔵どの、人の口に戸は立てられませぬ。お代の方様の人柄がお変わりになったのは、突き詰めればお子がなかったためではございますまいか」

「おお、それです。そのことを案じておりました。実高様のお世継ぎはどうなされるのでございましょうな」

「由蔵どのの胸に仕舞うておいてくだされ。国許関前に側室お玉様がおられるそうな。そのお玉様がただ今懐妊されておられるそうです」

「それは慶賀なお話ではございませんか」

「父が密かに出府した理由の一つは、側室様のお子をなんとか幕府に認めていただくことではなかったかと」

「若先生、懐妊の最中のお子を、いくらなんでも幕府がお世継ぎとしては認めますまい。ちと話が早すぎます」

「となると、父が速水左近様に願うたことはなにか」

「見当がつきませぬか」

由蔵の言葉に磐音が頷いた。

「実高様も側近方も、なぜお世継ぎの件をこれまで放置してこられたのでしょうか」

「それがしの知る実高様とお代の方様は、真に仲睦まじいご夫婦にございました。殿はいつの日か、お代の方様が懐妊なされ、玉のようなお子が生まれることを信じておられたのではないでしょうか」

「そのために機を逸されましたか。私ども商人にも世継ぎはなにより大事なことでございましてな、吉右衛門《きちえもん》様の先妻お艶《えん》様にはお子が生まれませんでした。このこと、坂崎様に説明の要はございませんな。大山詣《もう》でののちに身罷られ、この由蔵と坂崎様が御膳立てして、ただ今のお佐紀《さき》様を後添《のちぞ》いとしてお迎えしました。ただ今では一太郎《いちたろう》様という跡継ぎができ、弟の吉次郎《きちじろう》様もおられます。今津屋はなんとか間に合いました。お武家方となると、世継ぎがあるなしで極楽と地獄の差にございましょう」

「いかにもさようです。父の胸の中になにか秘策があるのかないのか、明日には分かるような気がします」

磐音の言葉に頷いた。

「なんぞ城中から噂が流れてくるようであれば、坂崎様にすぐにもお報《しら》せいたしますがな、今日から明日では正睦様の胸三寸どおりに事が運ぶことをお祈りするしか他に策はございませんかな」

「あれこれと今津屋どのには世話をかけます」

「坂崎様、奇妙なことが耳に入っております。うちに出入りするお店の奉公人が昨夜、品川宿を通りかかりますと、北品川と南品川の境、目黒川に架かる中ノ橋で大きな男が物乞《ものご》いをしておったそうな。それがどうも竹村《たけむら》武左衛門さんに似ていたというのですがな。まあ、人違いにございましょう。武左衛門さんは磐城平藩の中間になられて、一家でお長屋に移り住み、奉公をしておられます。その武左衛門さんが品川宿で物乞いをするわけもない」

「昨夜のことですか」

「はい。見かけた者も、今から十年前、うちで坂崎様や品川柳次郎さんとともに用心棒を務めておられた頃の武左衛門さんしか知りませんでな、人違いとは存じます」

「由蔵どの、人違いではないかもしれません」

「と、仰いますと。武左衛門さんは磐城平藩の中間奉公を辞められたのでございますか」

「いえ、事情は」

と磐音は、武左衛門が金兵衛から二分を借り受けて西国遍路に出た経緯を告げた。

「呆れた」

と由蔵が口をあんぐりと開けた。

「あのお方、娘御が尚武館に奉公しておられましたな」

「早苗どのは、尚武館佐々木道場から宮戸川を経て、われらの江戸帰府の後、再び、尚武館坂崎道場に奉公しております」

「そろそろ嫁に行ってよいほどの娘がいるにも拘《かかわ》らず、西国遍路ですと。それも金兵衛さんに二分を借りて旅に出るなど、あのお方はいつまでも子供のままでございますな」

「真にさようですが、武左衛門どのらしいといえば武左衛門どのらしい思い付きの行動です。すぐにも品川宿に迎えに行きたいのですが、明日のことを考えるとそれもできかねます」

「坂崎様、そのような優しい心遣いが仇《あだ》になっておりますぞ。あのお方にどのような憐憫をかけようと、頭の上を吹く風次第で妻子を投げ出し、このような行動を繰り返されます。よいですか、こたびこそ、最後の機会です。断じてこちらから手を差し伸べてはなりませぬ。よいですな、坂崎様」

と由蔵に厳しく言われて、磐音は頷くしかなかった。

三

芝居町のことを江戸の人々は親しみを込めて、

「二丁町」

と呼んだ。芝居興行を幕府が認めた公許の中村座、市村座などが旧吉原近くの葺屋町、堺町《さかいちょう》に集中していたからだ。これに対して、とは吉原の異名で、江戸町一丁目、江戸町二丁目、京町一丁目、京町二丁目、そして角町《すみちょう》で廓《くるわ》内が構成されていたからだ。

この日、市村座では弥生《やよい》三月の演目がすべて終わったようで、まずお忍びで芝居を見物した武家方の女衆が鼠木戸《ねずみきど》から姿を見せた。そんな中に豊後関前藩六万石の奥方のお代の方が、奥向きの女中や江戸家老鑓兼参右衛門を従えて、待機させていた乗り物に乗ると、市村座からほど遠からぬ料理茶屋の『しばらく』へと向かった。

塗笠で顔を隠した磐音は、お代の方の上気した顔を遠目に見ていた。

すでに『しばらく』には弥助と霧子が忍び込んでいた。

磐音のかたわらに無言で歩み寄った人物がいた。

豊後関前藩の陰監察の纐纈茂左衛門だ。

「纐纈どのも市村座におられたか」

「坂崎様、こちらは芝居見物ではのうて、お代の方様と江戸家老様ご一行の様子を二階桟敷《さじき》から見張るのが役目にございます」

「ご苦労にござったな。お代の方様は芝居を楽しんでおられましたかな」

「女形《おやま》の市村染太郎《そめたろう》が贔屓《ひいき》とみえて、染太郎が舞台に上がっているときは、見物席から身を乗り出さんばかりにして見物しておられました。されど江戸家老様は芝居がお好きなのかどうなのか、おそらくお代の方様を喜ばせる策として芝居見物に付き合うておられるのではございますまいか」

「『しばらく』が芝居見物のあとに立ち寄られる料理茶屋でござるか」

弥助が調べ上げてきたことだった。

「とは決まっておりませぬ。ですが、このところ京風の味付けを売りにした『しばらく』へ、二度に一度は通っておられるそうです」

二人はいかにも芝居見物帰りの武家二人連れを装いつつ、市村座の前から二丁町の由来の葺屋町と堀江六軒町、里では葭町《よしちょう》と単に呼ばれる通りの間の路地にひっそりと暖簾《のれん》を掲げる料理茶屋『しばらく』へと歩いていった。

「今宵《こよい》も茶屋に上がられるのは、お代の方様、お気に入りの女中のお満《まん》、それに江戸家老様の三人にございましょう。残りの供連れは新材木町《しんざいもくちょう》の河岸で待つことになります」

「纐纈どの、茶屋にはわが仲間を二人ほど忍び込ませてござる。われらは新材木町の河岸道にて待ちますか」

「さすがは坂崎様の手配り、抜け目がございませんな」

纐纈はだんだんと磐音に慣れたか、軽口まで叩くようになっていた。

新材木町は、日本橋川に西北から南東に向かって突き出すようにある短冊《たんざく》形の町だ。魚河岸の東と北を鉤《かぎ》の手《て》に囲む堀留と、その東側に並行するように掘り抜かれた堀留のさらに東側に沿って長く延びていた。

二人が新材木町河岸に出てみると、ちょうど豊後関前藩のお代の方と江戸家老の乗り物が姿を見せたところだ。

「おや、今日は芝居見物に同道したお女中衆五人をすべて茶屋の座敷に上げたと見えます」

と纐纈が言った。

「このようなことは珍しいのでござるか」

磐音がそう訊いたのは、もし料理茶屋で鐺兼が木挽町の田沼家のだれぞと密談するにしては同道の人間が多すぎると思ったからだ。

磐音と纐纈は、新材木町河岸に空樽《あきだる》を並べて、酒と肴《さかな》を供する煮売り酒屋に席をとった。そこからなら、乗り物の動きが見通せた。

「坂崎様、これまでも女衆を茶屋に上げたことがないではございません。ですが、それは三度か四度に一度のことだそうです」

となると今宵、鑓兼は木挽町と連絡をつけることはないのか、と磐音はそのことを気にかけた。

小僧が注文を訊きに来た。

磐音は酒と菜を何品か頼み、

「前払いしておこう」

と小僧に多めに支払った。

「お有難うございます」

と寝ぼけたような声で応じた小僧が奥に消えた。

「纐纈どの、国家老坂崎正睦が殿の名代として、明日富士見坂の藩邸を訪れることになった」

磐音は纐纈に正睦の決断を告げた。

「昼行灯様が、おお、これは失礼をいたしました。坂崎様のお父上にございましたな。いよいよ国家老様が動かれますか」

纐纈は喜びを隠し切れない表情を見せた。

松平辰平と重富利次郎に命じ、豊後関前藩の江戸家老鑓兼参右衛門に宛てて、明日四つ（午前十時）の刻限に藩主福坂実高の名代たる国家老坂崎正睦が正式に江戸藩邸を訪問し、お代の方と鑓兼参右衛門に面会する旨の書状を届けさせていた。おそらくお代の方と鑓兼がそのことを知るのは、料理茶屋『しばらく』にて酒食をなして、富士見坂の藩邸に帰った夜遅くのことであろう。

一行の帰邸が遅ければ遅いほど、書状が鑓兼の手に届くのは未明になる。ということは木挽町の田沼意知と連絡を取ることが遅くなり、明日の対応が遅れるということだ。

反鑓兼一統にとって、連絡が明朝になればさらに好都合だった。そこで辰平と利次郎には届ける刻限を暮れ六つ以降にと指示し、かつ、鑓兼が未だ帰邸していないならば留守居役兼用人の中居半蔵に届けるよう命じてあった。

「このこと、留守居役はご存じですな」

「いや、中居半蔵様も未だご存じない。ただ今の関前藩邸では話がお互いに筒抜けになっておると聞いたで、父と話し合うて、このことはぎりぎりまで伏せることにしたのじゃ。ゆえに関前藩士では纐纈どのがこのことを最初に知った人物ということになる」

「坂崎様、まかり間違うてもそれがしの口からだれぞに伝わることはございません」

「この二年、鐺兼一派の動きを探ってこられた纐纈どのじゃ。もう一人の陰監察石垣仁五郎どのは、鐺兼一派の隠れ刺客内藤朔次郎の凶刃《きょうじん》に命を落とされた。そのような職務に就いた御仁を努々疑うものではござらぬ」

「ご信頼いただき、有難うございます」

と応じた纐纈が、

「おお、大事なことを忘れておった」

と言い出した。

「坂崎様、石垣仁五郎どのの骸は古帆布《こはんぷ》に包まれ、江戸のいずこからか行人坂の中屋敷の塀外まで運ばれたということでしたな」

「石垣どのが殺された場所は日向鵬齊邸、旧尚武館佐々木道場の敷地の中と思われる痕跡《こんせき》が見つかっておる」

中居半蔵に聞いたか、磐音の言葉に頷いた纐纈が、

「古い帆布を豊後《ぶんご》一丸《いちまる》から譲り受けてきたのは、富士見坂の中間頭の亥助《いすけ》にございました。いえ、亥助は雨の日の外仕事に便利であろうと、予《かね》てより考えておったことで、藩邸の作業小屋の棚に仕舞《しも》うておいたそうです。それがいつしか紛失

していた。国家老の坂崎正睦様が鑓兼一派の手に落ちた夜あたりであったと亥助は言うております」

「まず間違いなくその古帆布に石垣どのの亡骸《なきがら》は包まれ、神保小路から船にて神田川、大川、江戸の内海、目黒川を経て、行人坂下の太鼓《たいこ》橋《ばし》より一つ川上の新橋の船着場に下ろされたのでござろう。その折り、古帆布が老いた松の折れた枝先に引っかかって破れて残ったと推測がつく。よう忘れずに追跡されましたな、纐纈どの」

「坂崎様、それだけではございません」

と纐纈が胸を張って言い出した。そこへ小僧が注文の酒と菜を運んできた。

「坂崎様、一杯注《つ》がせてくだされ」

纐纈が徳利を取り上げて願った。

関前藩士にとって坂崎磐音は伝説の人物であり、神格化された剣術家だった。

纐纈も磐音を敬っていたが、纐纈が出仕したときにはもはや磐音は藩を出ていた。かように酒を酌み交わすなど纐纈には夢想だにできなかったことだ。

「頂戴いたす」

纐纈から酒を注がれた磐音はいったん杯を膳に置き、反対に纐纈の杯に酒を注いだ。

「よしなにお付き合いを願います」

「藩の騒ぎが大事に至らずに収まることを祈って」

と二人は言い合うと酒を口に含んだ。

春の宵だ。あと数日で江戸の桜は満開の季節を迎える。

「安永の藩騒動では多くの命が奪われ、血が流れた」

「さらに関前藩は坂崎磐音という有為の藩士を失いました」

「それがしだけではない。多くの仲間の命が失われ、立ち直るのに何年もかかったはずじゃ。十余年後、またぞろかような事態を招くとは、亡くなられた方々はなんのために命を失うたか分からぬ」

「いかにもさようです」

「おお、そなたの話の腰を折ってしもうたな」

「いえ。その帆布ですが、いつの間にか藩邸の作業小屋の棚に戻されておったのでございます」

「なんと申されたな」

「はい、相手はなにをとち狂うたか、殺しの証となる古帆布を丁寧に畳んで棚に戻しておりました。亥助から知らされ、それがしが検《あらた》めますと、帆布には石垣どのの血と思える大きな染みがございましてな、枝に引っかけた帆布の端っこがかぎ裂きに破れているのも確かめられました」

「われらにとって得難き証ですぞ」

反対に鐺兼一派にとってなんとも大きな手違い、失策だった。

「坂崎様、帆布はそれがしが藩邸のさる場所へと密かに移し換えました。むろん中間頭の亥助も知りませぬ」

「お手柄です」

磐音の褒め言葉に纐纈が実に嬉《うれ》しそうに破顔した。そこへ霧子がふわりと姿を見せた。なんと霧子は料理茶屋『しばらく』の下女の形《なり》に身を窶《やつ》していた。霧子にとってはなんでもない技だった。潜入先で怪しまれない手立て、森の木の葉隠れと称する雑賀衆の技の一つだった。

「霧子、よう分かったな。それがしの居場所が」

お代の方様の乗り物を必ずや磐音が見張っていると確信しての動きだった。だが、霧子は微笑んだだけだ。

「若先生、『しばらく』の別座敷に田沼意知様の用人井澤孫兵衛《いざわまごべえ》、起倒流の鈴木清兵衛の両人がいるのが確かめられました」

「ということは、鐺兼参右衛門がお代の方様の座敷を中座して密談に及ぶということか」

「師匠はそう推量しておられます」

「お代の方様を女中衆に預けては、そう長くは中座できまい」

「女形役者の市村染太郎がお代の方様の座敷に呼ばれているとか。その間を利して鐺兼は座敷を離れるのではないでしょうか。師匠がすでに井澤孫兵衛の座敷近くまで忍んでいっておられます」

「起倒流の鈴木清兵衛どのは油断のならぬ相手じゃ。弥助どのは重々承知と思うが、そのことを伝えてくれぬか」

「畏まりました」

霧子が現れたときと同様にひっそりと姿を消した。

「坂崎様の周りには多彩な人士がおられますな」

「纐纈どの、われらは常に戦を強いられており申す。身を護《まも》るためには大勢の方々の力を借りねばならぬのです」

「坂崎様、お尋ねしてようございますか」

「そなたが断る以上、関前のことではないようじゃな。申されよ。答えられぬときは許されよ」

首肯した纐纈が、

「関前藩に関わりがないことではございませぬ。ただ今、『しばらく』にてわが江戸家老様が、奏者番田沼意知様の用人どのと起倒流の剣術家と密談なさるやもしれぬと坂崎様は考えておられる。なぜわが江戸家老様が、田沼意知様の用人どのと密談なされるのか。またこのことをお代の方様は承知であられるのか、そのことにございます」

磐音は沈思した。

纐纈が問いかけたのは、こたびの一連の騒ぎの本質に関わる部分であった。当然陰監察を務めるほどの人物だ、疑問を持って不思議はない。磐音はこの事実を陰監察の纐纈は知るべきと判断した。

「纐纈どの、お答えいたそう。それがしがかく関前藩の騒ぎに関わるところでもある。まず鑓兼参右衛門の出自をどこまで承知かな」

「鑓兼様は紀伊藩の伊丹家が先祖と聞いております。どのような伝手《つて》があってか、先祖が江戸の旗本伊丹家の婿養子に入られた。鑓兼様は、その旗本伊丹家の次男坊荘次郎であったとか」

「いかにもさようです。部屋住みの荘次郎が豊後関前藩の鑓兼家に婿養子に入った経緯はご存じか」

「鑓兼家に跡継ぎがなく、どなたかの口利きで伊丹荘次郎が鑓兼家の婿養子になったと」

「その口利きをなした人物は御三卿一橋家に仕えていた伊丹直賢様と関わりのある人物と思われる」

「御三卿一橋家ですか」

　纐纈は意外な表情を見せた。

「田沼意次様の正室は伊丹直賢様の娘御にござる」

　纐纈が黙って磐音を見詰めた。そして、長いこと沈思した後、

「鑓兼参右衛門様は老中田沼意次様が放たれた密偵、いや、刺客にござるか」

「どのような名で呼ぶのが打ってつけかは知らぬ。されどそれがしの旧藩に子飼いの人物がおって、国家老坂崎正睦、磐音父子を破滅の淵に追い込もうとしておる。そのためには豊後関前藩を潰すことも厭《いと》わぬように思えるのじゃ」

「坂崎様は田沼様父子と、西の丸家基様を巡って対立してこられましたな」

「いかにも。その結果、家基様は暗殺され、養父養母は殉死なされ、尚武館佐々木道場は潰され、ついにはわれら一家は三年半余の流浪の旅を余儀なくされた」

「そして、江戸にお戻りになり、小梅村に尚武館坂崎道場を開かれたということは、田沼一派との再戦を考えてのことにございますか」

「今や田沼派に非ずんば人に非ずの世相、牛車《ぎっしゃ》に立ち向かう蟷螂《とうろう》のごときものにござろう。なれど、田沼様父子の専横をこのまま見逃してよいわけもない」

「それに先んじて田沼一派はわが豊後関前藩に布石を打ってきた。それが江戸家老まで昇進した鑓兼参右衛門様にございますか」

「いかにもさよう。豊後関前藩の江戸家老とその一派は、関前藩の獅子身中の虫であると同時に、尚武館坂崎道場の前に立ち塞がる巨壁にござる」

磐音の言葉に纐纈が腕組みして再び考え込んだ。

長い沈黙の時が流れた。

纐纈茂左衛門が腕組みをゆっくりと解くと、磐音の顔を正視して、
にんまり
と笑った。

「坂崎様、牛車に立ち向かう蟷螂には蟷螂の戦い方がございましょう。豊後関前

藩は実高様のもとに結集します。むろん老中田沼意次、意知様父子にとって歯牙にもかけぬ田舎大名かもしれませぬ。ですが、蟷螂の意地を見せとうございます」

と敢然と言い切った。

「できることならば、それがしの戦いと豊後関前藩の騒ぎは分けて戦えぬものかと考えてきた。じゃが、鎧兼参右衛門と田沼意知様の用人がただ今も同じ料理茶屋の別の座敷におる。もし、二人が会談を持てば、われらの推量は確実なものとなろう」

「ということは、坂崎磐音様と尚武館坂崎道場のご一統、われら豊後関前藩の実高様を擁《よう》する家臣団は、同じ軍列で田沼様父子と戦うことになりますな」

「それを避けたかったが、もはやどうしようもあるまい」

と磐音が洩らした。

春の宵が深まっていた。

松平辰平と重富利次郎は、富士見坂の豊後関前藩上屋敷の通用口の前に立っていた。

「そろそろ刻限ではないか」

「利次郎、早くはないか。もうしばらく待とうか」

利次郎と辰平の二人が言い合うところに通用口が開いて、

「わが門前でなにを騒がしゅうしておられる」

と門番が咎《とが》めた。

「門前をお騒がせいたし、申し訳ござらぬ。われら、小梅村尚武館坂崎道場の使いにござる。江戸家老の鑓兼参右衛門様は在邸でござろうか」

辰平が答え、門番が、

「なに、直心影流尚武館坂崎道場とは、坂崎磐音様が道場主じゃな」

「いかにもさようです」

「江戸家老様は本日お代の方様に同道して他出しておられる」

利次郎がわざと驚きの言葉を発してみせ、さらに問うた。

「ならば留守居役兼用人の中居半蔵様はおられようか」

すべて段取りどおりの会話だった。

「中居様ならばおられる。中に入られよ」

辰平と利次郎は屋敷内に入れられた。すると式台に当の中居半蔵が仁王立ちし

ていて、

「おう、松平辰平どのに重富利次郎どのか。なんぞ用か」

と大声で叫んできた。

「坂崎正睦様からの書状にございます。江戸家老鑓兼様がおられぬときは、留守居役兼用人の中居半蔵様に直に渡すよう命じられ、かく参上いたしました」

松平辰平が口上を述べ、中居半蔵に歩み寄って何事か囁いた。

「おお、さようか。ご家老の鑓兼様は他出ゆえ、それがしかと受け取ろう。ご苦労であったな」

と正睦の書状を受け取り、

「この書状、明朝にご家老どのにお渡しいたそう」

と告げた。

四

芝居町の二丁町に近い料理茶屋『しばらく』の座敷では、豊後関前藩のお代の方が贔屓の女形役者市村染太郎を隣に侍《はべ》らせて、上機嫌だった。同席した女中衆も人気役者の同席に興奮気味で、相手をする染太郎の話題も芝居の話から化粧の仕方や流行の着物など、贔屓筋を飽きさせない心配りであった。

だが、お代の方は顔に浮かんだ満足の笑みとは別に、内心に大きな不安を抱えていた。

市村染太郎が呼ばれてきたとき、芝居見物に同道してきた江戸家老の鑓兼参右衛門が、

「お代の方様、市村染太郎との座敷に男のそれがしが同席するのは野暮の骨頂にございましょう。それがし、しばし席を外しますゆえ、心ゆくまで染太郎と女同士の話をお楽しみくだされ」

と言い残すと座敷を出た。

それがおよそ半刻前のことだった。

(鑓兼参右衛門はどこでなにをしておるのか)

お代の方の不安の原因は、福坂実高の意向を受けた国家老坂崎正睦の出府であった。そして、過日面会した正睦の言葉はお代の方に衝撃を与えた。

お代の方が寵愛《ちょうあい》してきた鑓兼参右衛門が、なんと老中田沼意次、奏者番田沼意知の意を受けて豊後関前藩の江戸屋敷に入り込んでいるという指摘だ。

正睦との面談のあと、その姿が消えてしばらくして、鐺兼はようやく平静を取り戻し、お代の方の追及に、

「お代の方様、国家老が訴えしこと、まるで身に覚えなき戯言の類にございます。坂崎正睦様、豊後関前藩の中興の祖と崇め奉られたことで、いささか逆上《のぼ》せ上《あ》がり、呆けてしまわれたようでございますな。国家老も新しき人材に代えねば、関前藩は大変なことになりましょうぞ」

と自らに懸けられた疑惑を一笑に付した。

「そなた、老中田沼意次様、意知様父子の意を受けて関前藩に奉公していたのではないと言いやるか」

「根も葉もない訴えにございます」

「ならばそなたの一族は紀伊藩主であられた八代将軍吉宗様の家臣ではないと言いやるか」

「いいえ、わが先祖は紀伊藩の家臣の一族、分け伊丹と称される一家、それに間違いはございませぬ。されどそれがしの祖父の代に江戸に出て、縁戚の旗本伊丹家の婿養子になり、その後その家の次男として江戸に生まれたのでございます。畏《おそ》れ多くも老中田沼様と関わりがあるとか、御三卿一橋家の家老であった伊丹直賢

様がどうとか、言いがかりも甚だしゅうございます。お代の方様、国家老が藩船に隠れ潜んで、さらには照埜なる内儀を同道して江戸に入る所業、すでに国家老の要職にある者の行動とは思えませぬ。藩主実高様がお許しになるはずもない行いにございましょう。この一事を以《もっ》てしても国家老の行動、尋常さを欠いておりまする」

「なにっ、正睦は独りで江戸に出てきたのではないのか。内儀の照埜を同道してきたと言いやるか」

はっ

と気付いた鐺兼は、

「それがし、新造船明和三丸に乗り組んでおる家臣よりそのような報告を受けております。お代の方様、ここはとくとお考えくだされ。武家の女子が、幕府の許しもなく勝手に江戸に入ってよいのでございましょうか。いつぞやお代の方様が豊後関前に同道したいと殿に訴えられた折り、殿は切々と、大名方は幕府の触れで縛られておるもの、殊の外『入り鉄砲出女』には厳しいと同道を拒まれましたな。そのことを思い出してくだされ。この一事をもってしても、いかに国家老坂崎正睦の所業が豊後関前藩を危うくしておるか」

「そうそう、そのようなことがあった。それを正睦は、内儀を同道して江戸に出てきおったとな」

「国家老の言動は、徹頭徹尾尋常ならざるものにございます。殿様の名代であるならば、早々に威儀を正して江戸藩邸に乗り込んでくればよきこと。あれやこれやと言いがかりをつけるばかりで、行動なさろうとはせぬ。これは偏《ひとえ》に、われらが長崎口の南蛮渡来の品々を関前藩の物産事業に組み込んで拡大することを嫉んでおられるのではございませぬか。それを讒言《ざんげん》する輩が国許にもいるのでございましょう。困ったことにございます」

「ならば、参右衛門、正睦は殿の名代で江戸入りしたのではないと言いやるか」

「むろんそのような事実はございません。ただ呆けた老人が孫の顔見たさに新造船に隠れ潜み、江戸に出てきたのでございましょう」

「さようか。いや、さようであろう」

「お代の方様、殿が次なる参勤上番で江戸に入られし折りにお尋ねになればはっきりとする所業にございましょう」

鑓兼参右衛門は、もはや実高とお代の方が会話を交わすことなどないと承知して言った。

「いかにもさようじゃな」

と答えたお代の方が、

「参右衛門、そなたの腹心が殿にお玉なる側室を勧めて籠絡しておるということも虚言か」

「いえ、事実にございます」

「なにっ、事実じゃと」

お代の方がきいっとなって、鑓兼参右衛門を見た。

「お代の方様、大名家にとってなによりも大事なことはお世継ぎ、跡継ぎのあることにございます。にも拘らず関前藩では国家老の坂崎正睦ら重臣方がそのことを殿に進言し、養子を迎えることを怠ってきました。お代の方様、いささか差し障りがあることながら、殿はすでに還暦を越えられ、実子をもうけられるぎりぎりのお歳に差しかかっておられます。忠臣ならば即刻側室を用意し、お種を残すことを考えるのは至極当然の務めにございます。お代の方様、鑓兼参右衛門の所業、間違うておりましょうか」

「いや、そうではないが、もはやわらわは子を産む年齢を失しておる」

とお代の方が寂しげに呟いたのを見て、参右衛門は内心にやりとほくそ笑んでいた。

「ゆえにお代の方様に断りもなく国許で側室を用意し、世継ぎをもうけるよう試みたのでございます。繰り返しになりますが、国家老が怠ったことをそれがし、江戸家老がなしただけにございますぞ。それを不忠の臣と謗《そし》られますならば、鐺兼参右衛門甘んじてお受けいたします。それもこれもすべて豊後関前の安泰を考えてのことにございます」

鐺兼参右衛門に縷々説得されて、その折りはお代の方も得心した。

だが、正睦が老骨に鞭打ち、藩船に乗って江戸に出てきた一事、さらにお代の方を不安にしているのは、正睦の倅の磐音の動きであった。

坂崎磐音はすでに藩を離れて十年余、坂崎家は井筒家より次男を養子にとり、坂崎家を継ぐことが決まっているという。藩を離れた磐音は剣術家として江都《こうと》で名を上げ、ついには西の丸家基の剣術指南にまで出世していた。

もしも家基が息災で十一代将軍の地位に就いていれば、坂崎磐音の武名はさらに三百余国に伝播して、幕閣の一角を占める人士となったかもしれなかった。

だが、家基が不慮の死を遂げ、

「老中田沼意次が家基の聡明明晰を恐れて暗殺」

という噂が流れて、お代の方の耳にも入っていた。

さらにその直後、幕府道場といわんばかりに栄えていた直心影流尚武館佐々木道場が潰され、磐音の養父玲圓、養母おえい夫婦が家基に殉死し、養子たる磐音は江戸を追われて流浪の旅に出た、と聞かされてきた。

磐音が養子に入った佐々木家は幕臣を何代も前に辞しながら、千代田城近くに拝領地を頂戴し、幕臣や大名家の家臣に剣術の指導をしてきたのだ。

坂崎磐音は、佐々木玲圓が密かに保持していた「力」を継承しているものと思われた。

三年半余の流浪の旅ののち、坂崎磐音が江戸に舞い戻り、ただ今幕閣の中で絶大な権力を振るう田沼父子と再び干戈《かんか》を交えようとしているとの噂が巷に流れていた。

その磐音が父の坂崎正睦に同道してきた。一言も口を利かなかったが、お代の方を脅《おびや》かすに十分な存在だった。

「お代の方様、本日のお芝居はいかがにございましたか。最前からなにやら考え事をしておられるように思えます。芝居見物は長丁場《ながちょうば》、それなりに疲れるものにございます。染太郎はこれにて失礼いたしましょうか」

「なにを言いやる、染太郎。わらわはそなたの女形《おやま》ぶりを思い出してな、忘我の境にあったのじゃ。ささっ、お満、酒《ささ》を染太郎に勧めぬか」

とお代の方は胸の不安を強引に打ち消して慌てて女中に言った。

そのとき、弥助は一階座敷の床下にあり、気配を消して必死に会話を聞いていた。

話は奏者番田沼意知の用人井澤孫兵衛、豊後関前藩江戸家老鑓兼参右衛門、そして、遅れて話に加わった浅草御蔵前通りの札差伊勢屋六三郎方の番頭尤蔵《ゆうぞう》の三人だ。

弥助にとって一番厄介な起倒流の鈴木清兵衛は談義に加わることを許されず、供待ち部屋で控えていた。

三人の会話は時に密やかになり、遠耳が得意の弥助にも聞こえないことがあった。だが、前後の会話をつなぎ合わせると、およその関わりは理解がついた。

ひゅっ

と弥助の耳だけに聞こえる犬笛が伝わってきた。

霧子からの、危険が近づいたという合図だった。弥助は床下から移動すると、自らの気配を消せる場まで立ち退いて、ふたたび耳を欹《そばだ》てた。

「どうした、鈴木どの」

用人の井澤孫兵衛が、廊下から座敷にやってきた鈴木清兵衛と思える人物に声をかけた。

「用人どの、木挽町の屋敷から使いが訪れ、新番士佐野善左衛門政言《さのぜんざえもんまさこと》なる人物が屋敷を訪れ、殿様にしつこく面会を強要しているそうにございます。屋敷より、急ぎお戻りあれとのことにございます」

「なに、佐野善左衛門がまた無理難題を言うておるか。この前までは得心しておったに、頑迷《がんめい》にもほどがある」

と井澤用人が舌打ちし、

「迷惑ならば密かに始末なさることです」

と鈴木清兵衛が非情にも言い切った。この人物、木挽町に大道場を開きながら、直参旗本である。なんとも無体な言葉だった。

「殿にはお考えあってのことであろう。鈴木どの、乗り物の仕度をしておくように命じてくれぬか」

と井澤用人が鈴木清兵衛に命じ、

「はっ」

と応じた体の鈴木が廊下で動きを止めた気配があった。

弥助はさらに気配を消し、床下の闇に息を凝らした。武芸者鈴木清兵衛がなにかを感じたことは確かだった。

「鈴木どの、どうなされた」

と井澤用人が言ったとき、

「お武家様よ、膳を片付けておりますだ。そこをどいてくんろ」

と在所から奉公に来た体の霧子がいくつも積み上げた空の膳を手に、立ち止まった鈴木清兵衛のかたわらを通りぬけようとした。

下女の言葉に思わず集中心を切らせた鈴木が、首を傾げつつも供待ち部屋へと下がっていった。

弥助は談義の座敷下に戻った。

「鑓兼、今宵の話はここまでじゃ。国家老の一件、殿と相談の上、善処しよう」

田沼家の用人が豊後関前藩の江戸家老を呼び捨てにして言った。

「善処とは始末する意にございますか」

「いかぬか。鈴木清兵衛は同じ幕臣の佐野を始末するというぞ。一人始末するも二人始末するも手間はさほどかかるまい」

「されど国家老のかたわらには、家基様の剣術指南であった倅の磐音が従うておりますぞ」

「倅とて始終父親と一緒ではあるまい。坂崎磐音は朝稽古に出れば二刻半は道場におる。その間、小梅村の母屋には女、子供しかおるまい。手はいくらもある」

しばし鑓兼の返答には間があって、考え込む気配があった。そして、

「坂崎正睦を始末するならば、早い機会がよろしいかと存じます」

「鑓兼、そなたの任は豊後関前藩を揺さぶることじゃ。国家老の出府くらいでおたおたするでない」

と命じた井澤用人が、

「番頭、そなたの店の内蔵に入っておる例の物じゃが、持参したな」

「はい。百匁《もんめ》の包みを三つほど」

「それを鑓兼に渡せ」

「井澤様、それがしにどうせよと」

「豊後関前藩江戸藩邸の厄介者はだれか」

「留守居役兼用人に昇進した中居半蔵にございます。悉《ことごと》くそれがしの前に立ち塞

がっておりますでな」

「ならばそやつの御用部屋なり屋敷なりに隠しておけ。なんぞあれば抜け荷はそやつらの仕業にせえ。豊後関前藩お取り潰しの理由になろうではないか」

「ほう、それはお考えになりましたな」

「鐺兼、一々わしが命じなくともその程度の知恵は働かせよ」

と言い残した井澤用人が座敷から立ち去る気配があった。

「尤蔵、伊勢屋の蔵にこの品、あといくら残っておる」

「百匁の包みが十七ほど残っておるばかりでございます。こたび新しく運び入れた品が町方に押収されたのはえらい損害にございますな。できるだけ早く物を送っていただきませんと、品が底を突きます」

「一足先にやられてしもうた。だが、八丁堀《はっちょうぼり》が押収したにも拘らず表沙汰になっておらぬ。なんとも訝しいことよ」

「鐺兼様、そなた様は南町の大頭与力をご存じございませぬか」

「大頭与力じゃと。これまで町方と揉め事は起こさぬようにしてきたでな、知らぬ」

「知恵者与力の笹塚孫一は、金に目のない与力にございましてな。おそらく押収した品の買い手を見付けておるところにございましょう」

再び間があった。そして、鐺兼が言い出した。

「伊勢屋、そのほうでなんとかそやつに渡りをつけて安く買い戻せぬか。町方の木っ端与力、何十両かの金子で手放さぬか」

「それも一つの手立てではございますな。されどこの御仁が南町で生き残ったには理由がございます。捕り物の現場で押収した金品の何割かを町奉行所の探索費に充《あ》てているせいで、奉行所の与力同心になかなかの人望がございましてな、話の持っていきようでは藪蛇になります。ここは一つ思案のしどころにございます」

と伊勢屋の番頭の尤蔵が言い切り、

「よし、その包み、こちらで預かる」

と鐺兼が受け取った気配があった。

「それがしもそろそろ大年増の奥方のところに戻らぬと機嫌を損ねられる。正直、それがしとてうんざりしておるところよ」

「鐺兼様、耳にいたしましたぞ。お代の方様に内緒で、お気に入りのお満というお女中に手をつけておられるそうな」

「なにっ、どこからそのような噂が」

「蛇《じゃ》の道は蛇にございますよ。鐺兼様、ここはそなた様の踏ん張りどき、下手な手で身を滅ぼしてはなりますまい。お満を籠絡するのも悪い話ではございますまいが、用心にこしたことはございませんでな」

「尤蔵、分かった」

　と料理茶屋『しばらく』の談義は終わった。


　弥助が堀留に架かる親仁橋《おやじばし》に行くと、すでに磐音と纐纈茂左衛門が待ち受けていた。猪牙舟の船頭は料理茶屋の下女からいつもの姿に戻った霧子が務めていた。

「ご苦労でござった」

「へえ、湿気《しけ》った床下に我慢していたお蔭で、あれこれと分かりました」

　と上機嫌の弥助が言った。

「若先生、舟を出してようございますか」

「願おう」

「小梅村でようございますか」

「若先生、わっしと霧子は関前藩の中居様の屋敷に戻りとうございます。纐纈様も屋敷に戻られて、明日の仕度をなさいましょう。昌平橋際に猪牙を回してはいただけませんか。舟の中でわっしが聞きかじったことをすべてご報告しますでな、事と次第によっては若先生の動きも変わってきましょう」

と弥助が言った。

「それでよい」

霧子が堀留から思案橋《しあんばし》を潜って日本橋川へと猪牙舟を出した。

一息ついた弥助が手際よく料理茶屋『しばらく』の一室で話された謀議を告げた。

話を聞き終えても、しばらくだれもなにも言わなかった。

すでに猪牙舟は大川から神田川へと入り込んでいた。

磐音はお代の方が籠絡された不憫《ふびん》を想い、哀しみに胸が塞がれた。

「坂崎様、それがし、今夜じゅうに中居半蔵様と面会し、明日の段取りをつけます。明日が大勝負、老中と奏者番の父子が放った隠し駒は、なんとしてもわれらの手で始末せねば、豊後関前藩の体面が保てませせぬ」

纐纈の言葉に頷いた磐音が、

「弥助どの、纐纈どのとともに密かに富士見坂の藩邸に戻ってくれぬか。それがしは霧子を借りて、八丁堀の笹塚孫一様と今宵のうちに面談し、知恵者与力どののお力を借り受けたいと思う」

と手筈《てはず》を整え、三人が頷いた。

この瞬間から明日の対決が始まっていた。

江戸の桜は四分から五分咲きを迎えていた。

第五章　再びの悲劇

一

中居半蔵はその朝、留守居役兼用人の御用部屋で茶を喫していた。

開け放たれた座敷から庭に植えられた桜の木は見えなかったが、風に吹かれた花びらがひとひらふたひらと舞ってきて、半蔵の気持ちをときめかせた。

(勝負のときぞ)

一服の茶を楽しみながら自らを静かに鼓舞した。

昨夜、お代の方の芝居見物の一行は五つ半(午後九時)に屋敷に戻ってきた。

江戸家老鐙兼参右衛門の陪臣がなんぞ留守中の出来事を問い合わせてくるかと思ったが、

だれもなにも尋ねてはこなかった。

(愚か者めが)

と床に就いた半蔵はほくそ笑んだ。

その半蔵の寝間の床下から、こつこつと合図があった。打ち合わせどおり、二つ続いた音が間をおいて二度繰り返され、最後に一つ響いた。

「なんぞござったか、弥助どの」

「鐺兼参右衛門、芝居見物に疲れた様子にて出迎えの家来に湯の仕度を命じたところ、湯が立てられていないことに立腹し、大目玉をくらわしてそのまま就寝した模様にございます」

「江戸家老どのは留守中の出来事に関心はないか、よいよい。弥助どの、ご苦労であったな」

磐音の腹心の密偵を労《ねぎら》うと自らも明日に備えて眠りに就いたのだ。

目覚めたのは明け六つ(午前六時)の刻限で、家来が洗顔の用意をしてきた。

十分に寝足りた半蔵は上機嫌で、ぬるめの湯を張った桶を抱えてきた家来に、

「なんぞ変わりはないか」

と尋ねたが、

「格別に変わりはございません」

との返事だった。

「忠也《ちゅうや》、湯殿を使いたい」

「湯は立ててございません、ただ今仕度させます」

「いや、水を被りたいだけだ。湯を立てることはない」

中居半蔵は湯殿に行くと湯船に張られた水を何杯も被り、気を引き締めた。そして、居間に戻ると忠也に手伝ってもらって、ぬるま湯を使って髪を整え、髭《ひげ》をあたった。そのあと、軽めの朝餉《あさげ》を済ませて御用部屋に出向いた。するとすでに坂崎遼次郎らが緊張の様子で待ち受けていた。

「お早うございます」

「遼次郎か、いよいよじゃな」

「はい」

遼次郎の返答はいつもどおりで平静を保っていた。

(尚武館での住み込み修行が無駄ではなかった)

この分ならば坂崎家を継ぎ、正睦のもとで藩務を覚えれば、数年後には豊後関前藩を背負って立つ家臣の一人になろう、と半蔵は思った。さらに、

（それもこれも十余年前の磐音らの犠牲によって成り立っておる）

と考えを新たにした。

「小梅村からなんぞ言うてきたか」

「霧子さんが異常なしと伝えてきました」

「すべてわれらが一歩先んじておるわ」

「なんぞ御用がございましょうか」

「五つ（午前八時）過ぎにご家老の御用部屋を訪ね、昨夜の内に小梅村より届いた正睦様の書状を直に鑓兼参右衛門様に届けてくれぬか。もっとも、芝居見物の次の日はいつも遅い出仕ゆえ、鑓兼様が御用部屋に姿を見せられるのは五つ半（午前九時）の刻限であろうがな」

遼次郎に正睦の書状の使いを命じて御用部屋に出仕し、溜まっていた仕事を済ませる頃合いを見計らって、留守居役兼用人付きの家臣が茶を運んできた。

（そろそろ遼次郎が書状を鑓兼に届ける頃合いじゃが）

と思っていると、廊下にばたばたと乱暴な足音が響き、

「留守居役はおるか」

と怒声が響いて鑓兼が真っ赤な顔で廊下に立った。披いた書状を握り締めた手

が、わなわなと震えていた。

　興奮か、激怒のせいか、と中居半蔵は静かに鐺兼の顔を見上げた。

「ご家老、お早うござる。よい時候になりましたな」

「なにを戯《たわ》けたことを言うておる。国家老の書状はいつ届いた。なにゆえそれがしに宛てた書状をそなたが受け取った」

「おや、使いの者の口上を聞かれませんでしたかな」

　廊下に遼次郎が静かに片膝をついて待機していた。

「これ、遼次郎、ご家老どのに正睦様のお言葉を伝えなかったか」

「その間もなく、ご家老はこちらに」

「参られたか。ならばそれがしがお応えいたしましょうかな。昨夕、国家老坂崎正睦様の書状をわが藩邸に届けた使いは、江戸家老鐺兼参右衛門様に直に渡すよう命じられたそうな」

「ならば、なぜそうせぬ」

「鐺兼様の不在の場合は、留守居役兼用人の中居半蔵に手渡すようにとの正睦様の付言がございましてな。かくてそれがしが受け取りました」

「ならばなぜ昨夜帰邸した折り、そのほうが直にわが屋敷に届けぬ」

「おや、ご家老はご家来にお聞きになりませんでしたか。それがし、お屋敷に使いを立てますと、ご家老は湯にも入らずご就寝とか。すべて明日にせよとのお返事であったそうな」

中居半蔵が咄嗟に思いつき、虚言を弄した。むろん弥助の情報を得て思いついたことだった。

「おのれ、ああ言えばこう言い抜けおって」

「失礼ながら、まずはご家来にお問い合わせあれ。それより坂崎正睦様の書状にはなんとございましたな」

「おのれは承知であろうが」

「それがし、他人《ひと》様《さま》に宛てられた書状を披くなどの不行儀はいたしませぬ」

「おのれが」

「なんぞ急用にございましたかな」

「国家老坂崎正睦が藩主福坂実高の名代として、本日正四つ（午前十時）、藩邸を訪問するそうじゃ」

と喚《わめ》くように鑓兼が叫んだ。

「ご家老、気が動転なされたか。国家老様の尊称抜きは聞き流すとしても、藩主実高様まで呼び捨てとは家臣にあるまじき振る舞いにございますぞ。家臣に手本を示すべき重臣がそれではなりませぬな」

「おのれが、おのれが」

「正四つのご来駕《らいが》とはもはや半刻しか暇が残されておりませぬな。これ、遼次郎、実高様の名代の国家老坂崎正睦様をお迎えするのは大書院じゃ。大急ぎで仕度をなせ。また門番どもに今朝は格別に丁寧に門の内外を清掃するよう伝えよ。また、そうじゃな、藩邸の士分以上の家臣を大書院にお集めになるやもしれぬ。家臣一同に伝えよ」

「は、はあっ」

遼次郎が畏まり、その場を立ち去ろうとした。

「留守居役、僭越《せんえつ》至極なり。江戸家老がなすべき命を、なにゆえそのほうが発するや」

「おや、ご家老にはお代の方様にこの一件、お知らせせずともようございますので」

「わ、わ、分かっておる」

「いささか分を超えておるのは承知ですが、鑓兼参右衛門様、木挽町に急使を立てこの一事お知らせせずともようございまするか」

「おお、木挽町にな、いかにも」

と応じかけた鑓兼が、

「おぬし、なにを言うか。木挽町になにがあるというか」

「おや、そなた様の大事な奏者番様のお屋敷がございましょう。おお、そういえば、芝居見物の帰り、料理茶屋『しばらく』にて奏者番様の用人井澤孫兵衛なる者と親しげな謀議をなされたよし。事ははかどりましたかな」

「おのれが」

と吐き捨てた鑓兼参右衛門が、来たときよりも足音高く廊下を去っていった。

そして、遼次郎もまた中居半蔵の命を実行するべく、半蔵の御用部屋の廊下から姿を消した。

「おうおう、混乱してござるわ。あの分ならば、お代の方様の離れ屋でまたひと悶着《もんちゃく》ありそうな。ではないか、弥助どの」

「いかにもさようにございます」

幕府の元御庭番であった松浦《まつうら》弥助が天井裏から密やかな声で答えたものだ。

「おや、本日は床ではのうて天井裏に潜んでおるか」

「床下にしゃがんでおりますと腰が痛みます。歳でございますな。そこで天井裏に居場所を変えました」

弥助がしれっとした口調で応じたものだ。

「鎚兼様の使いが木挽町に走るようならば、日中いささか強引ですが尚武館の面々が途中で引っさらう手筈ができております」

「だんだんと戦上手になりおるな」

「なにしろあの父子と長年の因縁にございますれば、相手の出方も少しは読めるようになりました」

「主《あるじ》が主ならば、家来も家来、強《したた》かよのう」

「でなければ、あの父子相手に生き抜けませぬ」

と答えた弥助の気配が御用部屋の天井裏から掻き消えた。お代の方が暮らす離れ屋の悶着を見聞に行ったのであろう。

小梅村の尚武館坂崎道場の門前に、奏者番速水左近が貸し与えてくれた乗り物一挺に、陸尺、小姓など供の者七人が船二艘で到着した。それに磯村海蔵、籐子慈助ら豊後関前藩の家臣にして尚武館の門弟六人が加わると、豊後関前藩の国家老坂崎正睦の行列仕度が整うことになる。

そのとき、家紋入りの継裃を着た福坂実高の名代坂崎正睦と警護方の頭分《かしら》を務める磐音は仏壇の前に座していた。

仏壇には坂崎磐音とおこんの養父佐々木玲圓と養母おえいの位牌《いはい》があった。若き家基の死に殉じた気骨の夫婦であった。

正睦は瞑目《めいもく》して玲圓とおえいに、

(命を賭して願い奉る、関前藩の再生のために力をお貸しくだされ)

と願った。

また、この仏壇には十余年前の豊後関前藩の内紛のきっかけとなった騒乱で一命を落とした河出慎之輔、舞《まい》夫婦、小林琴平の位牌もあった。

正睦は合掌し、長いこと瞑目していたが、ゆっくりと両眼を開いて頭を上げると、

「磐音、参ろうか」

と立ち上がった。そして、独り言でも呟くように、

「照埜がお預けしておいたものを、坂崎正睦が確かに受け取り申す」

と袱紗《ふくさ》包みを仏壇のかたわらから取り出した。それは細長いもので書状のよう

にも思えた。さらにもう一つ、細長い布包みがあった。正睦が包みを解くと、なんと福坂家の家紋入りの小《ちい》さ刀《がたな》が姿を見せた。

「本日はこの小さ刀を腰に差して父の供をせよ」

磐音は両手で小さ刀を奉じると、継裃の腰に差した。そして、藩主実高と父正睦は緊密な連携の上に行動していることを改めて察した。

「母上はわが仏壇に、かようにも大切なものを隠しておいででしたか」

「磐音、豊後関前藩の家臣にとってなにより大事なものじゃ。本来ならばそれがしが肌身離さず奉じておらねばなるまいが、明和三丸を先に下りた照埜に託して、そなたの住まいの仏壇にお預けしておいたのじゃ」

「父上も母上もなかなか考えられましたな」

「磐音、命を張って関前から江戸に出て参ったのじゃぞ。そう易々とあやつらの手に渡せるものか」

「父上は素手で明和三丸を下りられたのでございますか」

「いや、これに似たかたちの物を肌身につけておったがな、鑓兼参右衛門と対面して眠り薬入りの茶を飲まされたあと、それがなくなっておった」

「これに似た物とはなんでございますな、偽書《にせがき》にございますか」

「磐音、偽書など抱いて死にとうはない」

「と申されますと」

「お代の方様が若き日の実高様に出された書状を幾通か」

「お代の方様の若き日の書状ですと。どのような意味が込められておりますので」

「殿が言い出されたことゆえ、それがしの推量にすぎぬ。実高様はお互いに想い合い、労《いたわ》り合うた時代を思い起こせと、戒めの意味でお代の方様にお渡しするようお命じになったのではないかのう」

「実高様の想いがお代の方様に通じるとよいのですが」

「そう祈ろうか」

正睦は袱紗包みを奉じると玄関へと向かった。するとそこには空也をかたわらに侍らせた照埜、睦月を抱いたおこんが見送りに出ていた。

「おこん、桜の花は五、六分咲きか」

「小梅村ではいかにも五、六分咲きにございましょう。されど川向こうの江戸市中では七、八分ではございますまいか」

「桜の季節は世の中がいちばん明るうて晴れやかな時候じゃな。そのような折りに気の重い使いであることよ」

「おまえ様、坂崎正睦最後のご奉公にございましょう」

「照埜、いかにもさようじゃ。老骨に鞭打って始末をつけねばなるまい。おこん、そなたの亭主の力を借り受ける」

「わが亭主坂崎磐音様は、なにより坂崎正睦様、照埜様の嫡男にございます。命を賭して舅様のお役に立つ覚悟にございます」

「よう言うた」

父と子は玄関先の履物を履くと、母屋から庭伝いに尚武館道場の門前へと向かった。門内には依田鐘四郎、小田平助、田丸輝信ら留守番組が見送りに出ていた。

「ご一統、稽古の手を休ませて相すまぬな。本日、坂崎磐音を借り受ける」

正睦の言葉に依田が無言で頷き、正睦の笑む顔を見た平助が、

「余計なこととは知っちょります、ばってんたい、言いますと。なにがあろうとたい、坂崎磐音様は天下一の剣者ですばい。安心してくさ、ご家老様は御用を勤められんね。そげんこととしか、こん小田平助、言えんもん」

ふっふっふ、と笑いが正睦の口から洩れた。

「無事に戻って来たらくさ、西国訛《なま》りで話ばしようたい」

と答えた正睦に小田平助が大頭を下げ、瞼からこぼれそうになった涙を隠した。

正睦が座したまま、乗り物が船の胴の間に移された。磐音は父の座す乗り物のかたわらに膝を揃え、二艘の船は船着場を離れた。


その頃、霧子は豊後関前藩の藩邸から駆け出してきた二人の家臣を尾行していた。富士見坂を下った二人は昌平橋へと必死の形相で急ぎ、その様子から昌平橋付近で駕籠《かご》か船を見付ける心積もりとみた霧子は、急ぐ二人の家臣を遠回りの路地を使って追い越し、昌平橋に出た。そこに船宿川清の船頭小吉が猪牙舟に待っていて霧子が合図をした。すると小吉が心得て、土手を上がってきた。

「小吉さん、二人の武家が姿を見せます。その二人をなんとかして猪牙舟に誘い込んでください。二人の行き先は三十間堀川《さんじっけんほりかわ》の木挽町です」

「心得ていますって」

と小吉が応じたところに、二人の武士が駕籠でも探す目付きで昌平橋の袂に走り込んできた。いつの間にか霧子の姿は小吉のかたわらから消えていた。

「お侍さん方、舟はどうですかえ。この時節、川から見る桜はえも言われねえ景色ですぜ」

船宿川清の印半纏《しるしばんてん》を羽織った小吉が誘いかけると、二人のうちの一人が、

「桜などどうでもよい。木挽町に一刻も早く行きたいのだ」

「ならば水上に決まってまさあ。ただ今の刻限、日本橋を渡るだけで半刻はかかりますぜ。なんたって花見客でごった返しておりますからね」

「なにっ、橋を渡るだけで半刻とな。駕籠ではどうか」

「冗談を言っちゃいけねえな。日本橋に駕籠で乗り込むなんざ、死にに行くようなものですぜ」

小吉が大仰に言った。

「駕籠よりも舟が早いか」

「あったりまえだね。木挽町なんぞ一息だ」

「よし、乗った」

「じゃあ、こちらへ」

江戸家老鑓兼参右衛門一派に与する御徒組《おかちぐみ》の小林一作《こばやしいっさく》と岡部九兵衛《おかべきゅうべえ》が土手を駆け下ると、

「この猪牙でさあ」

と乗り込ませた。その猪牙舟にはなぜか陽射しを避けたか顔を隠したか、菅笠

に姉さんかぶりの霧子が女船頭よろしく乗り込んでいた。

「女船頭か」

「いえ、わっしらは夫婦船頭にございましてね。夫婦で息を合わせて櫓を漕ぎますから、飛ぶように走りますぜ」

「ならば、急げ」

と小林が命じるのへ、小吉が舫い綱を外して船着場の板を蹴り、猪牙舟を神田川の流れに乗せた。

霧子が櫓を漕ぎ始めたが、なんともゆったりとした舟足だ。

「遅いではないか」

「まあ、わっしが加われば最前の言葉どおりにございますよ」

と言いながら小吉が舳先から艫《とも》に移り、後ろから来る松平辰平と重富利次郎の舟の姿を確かめた。

「お侍、魂消ちゃあいけねえぜ」

小吉が霧子の櫓に手を添えると舟足が急に速まった。

「おおお、これはなんとも速い。木挽町などたちまち着くぞ。これで鑓兼様のご機嫌も直ろうというものじゃ」

「われらも俸給が上がるとよいがのう」

と言い合いながら神田川を一気に下り、柳橋を潜って大川に出た。むろん背後から追跡してくる辰平と利次郎の猪牙舟も花見舟を上手に避けながら、ぴたりとつけていた。

大川に出ると両国橋を潜ることになる。

「おお、いかにも人出が多いな。舟を選んでよかった」

「風も気持ちよいわ」

と満足げに言い合う二人を乗せた小吉と霧子の二人船頭の猪牙舟が、新大橋を潜った後、日本橋川に入るために中洲と大名屋敷が並ぶ脇の流れに入り込み、なぜか舳先を中洲の中へと突っ込ませた。

「ど、どうした」

「お侍、木挽町にはこっちが早いんでございますよ」

「そのようなことがあるのか、聞いたこともないぞ」

「まあ、次に辺りが開けたとき、驚かれますぜ」

小吉が言いながら葭原《よしはら》の間を強引に進むと、中洲の中にぽっかりと開いた池が姿を見せた。

「な、なんだ」

「ほれ、あそこに」

小吉が言うところに辰平らの猪牙舟が姿を見せて、一気に小吉の舟と腹を合わせた。

「何者か」

岡部が刀を手に立ち上がった。

その瞬間、腹を合わせた猪牙舟から、櫓を棹に握り替えた利次郎が、

「食らえ！」

とばかりに棹を眼にも留まらぬ速さで突き出し、手繰り、再び繰り出すと、岡部と小林の使い二人が意識を失ってくたくたと小吉の猪牙舟に倒れ込んでいた。

「なんとも手応えのない者どもじゃな」

利次郎が呟き、

「利次郎様、深川佐賀町の蔵屋敷に運び込んで、ようやく私どもの仕事は終わりですよ」

と緊張を解かぬように霧子が釘を刺した。

「合点承知だ」

と応じた利次郎が声を潜めて、

「霧子、中居様のお屋敷で常雇いの話があるというのは真か」

と訊いた。

「利次郎様、そのような話をなさる場合ですか」

霧子に一喝された利次郎がしょぼんとした。

二

旗本御家人の知行地などから収穫される禄米を換金して、当該の旗本御家人に渡す札差商は浅草御蔵前通りに大半が集まっており、およそ百軒の札差が天王町組、片町組、森田町組に分かれ、その三組の下にさらにそれぞれが六番組に分かれて所属していた。

その中で伊勢屋六三郎は片町組五番組に属し、中之御門近くに店を構えていた。

この伊勢屋、当代に入り、商いが行き詰まっているという風聞がしきりに流れ、

「伊勢屋は六三郎さんの代で終わりじゃないかね。株をだれぞに売ったとて借財のほうが何倍も大きかろうよ」

とか、

「六三郎さんは分を超えた暮らしぶりでさ、一時妾を何人も囲い、素人博奕《しろうとばくち》に入れ込んだというから、商いが傾くのは致し方ないことですよ」

などと仲間内の評判になって久しかった。実際、一時は主の六三郎も奉公人も元気がなかった。

それが数年前からまた商いを立て直したとの話で、再び六三郎や番頭が肩で風を切って往来を歩く姿が見られた。そこでまた、

「おい、板倉屋《いたくらや》の番頭さん、教えておくれな。伊勢屋六三郎さんはどんな手妻《てづま》を使って、あれほどまでに傾いた家運を立て直したんだ。このご時世、客たる旗本御家人は何年も先まで禄米代を借りて、こちらの商いも旨みがございませんよ、そんな中で」

「和泉屋《いずみや》の旦那、真っ当な商いで立ち直ったなんてだれも考えていませんよ」

「というと」

「悪い噂はあれこれとこの界隈にも流れておりますがね。伊勢屋六三郎さんの背後にはお城のお偉い方がついておられるとか。だれも口出しできませんのさ。この一件、知らんぷりがいちばんですよ」

などと言い合っていた。

浅草御蔵前の札差仲間は伊勢屋六三郎方の商いを鵜《う》の目《め》鷹《たか》の目《め》で眺めていたが、この一、二年、人の口にのぼることも少なくなり、またひっそりとしていた。

そのような最中、御蔵前通りに南町奉行所の老練な与力笹塚孫一、市中取締諸色掛与力笠間《かさま》軍兵衛《ぐんべえ》に指揮された捕り方が粛然と姿を見せて、片町の一角に店を構える伊勢屋六三郎方を囲んだ。

物々しい捕り方の陣頭には火事羽織、野袴《のばかま》の出役《しゅつやく》姿に小さな体を包み、それに反して大きな頭の上にちょこなんと陣笠《じんがさ》をかぶって右手に指揮十手を翳《かざ》した笹塚孫一がいて、笠間軍兵衛を従えるとつかつかと店に入っていった。

「札差片町組五番組伊勢屋六三郎、南町奉行所の捕り物出役である。神妙にいたせ」

笹塚が大声を張り上げた。

店には何人か旗本家の用人らがいて、何年も先の禄米を担保に金子を用立ててもらおうと交渉ごとの最中だったが、笹塚の大声に一瞬、店じゅうが凍りついた。

「南町奉行所ですすと。なにかのお間違いにございましょう。うちでは奉行所のお調べを受けるようなことは一切しておりませぬ」

帳場格子《ちょうばごうし》の中から番頭の尤蔵が必死の形相で応じた。

とぼけた顔の笹塚孫一のかたわらには定廻《じょうまわ》り同心の木下一郎太が控えていた。

その捕り物姿もまた厳《いか》めしかった。鎖帷子《くさりかたびら》を着流しの下に着込み、鉢巻姿で籠手《こて》、脛当《すねあて》を着けての戦仕度である。足元は武者草鞋《むしゃわらじ》で固めた着流しの裾は、「爺端折《じんじんばしょり》」にして、腰には一本だけ刃換刀をぶち込み、手には実戦用の長十手《ながじって》という勇ましさだ。

「そのほうが伊勢屋番頭尤蔵か」

笹塚孫一がじろりと番頭を睨んだ。

「はっ、はい」

と応じた尤蔵がかたわらの見習い番頭に目配せして、小声で、

「木挽町に走りなされ」

と命じた。すると怯《おび》えながらもすぐさま立ち上がろうとした見習い番頭を長十手の先で制した木下一郎太が土足のまま店に跳び上がり、

「奉公人の一人《いちにん》たりとも動いてはならぬ」

と大声を上げると、長十手の棒身で見習い番頭の肩口を押さえて強引にその場

に座らせた。

「痛い目に遭いたくなかったら大人しく笹塚様の命に従え」

木下一郎太の声は凛然《りんぜん》として、眼光は鋭かった。幼い頃から想いを寄せていた北町奉行所与力瀬上菊五郎《せがみきくごろう》の次女菊乃《きくの》と所帯を持ち、木下一郎太は張り切っていた。

一郎太に代わり笹塚が、

「伊勢屋六三郎方におられる客人に申し上げる。最前それがしが申し述べたとおり、これより伊勢屋方の取り調べに入り申す。御用の向きは他日に改めてくだされ」

と客らに願った。

「南町奉行所の捕り方じゃと、伊勢屋はなにをなしたのじゃ。他日参って伊勢屋は店開きしておるのか」

旗本家の用人と思しき壮年の武士が笹塚に尋ね返した。

「ご用人どの、それがしの口からはなんとも申せませぬな」

「それは困った。急ぎの金策でな」

「ならば片町組行司《ぎょうじ》の伊勢屋清左衛門《せいざえもん》方で相談なさるがよい。うまくいけば肩代わりしてくれるやもしれぬでな」

「なにっ、そこまで話がついての捕り物か。これはならん、すぐにも伊勢屋違いの行司の店に参る」

一人がその場から早々に立ち去ると、客の全員が我先にと慌てて店の外へと出ていった。

伊勢屋六三郎方を囲んだ捕り方が店の大戸を下ろし、裏木戸にも奉行所の小者《こもの》たちが六尺棒を手に立った。

木下一郎太が予て用意の御用提灯《ごようぢょうちん》に灯りを灯させ、自ら携えた。

「番頭、内蔵の鍵を持参してわれらを内蔵へと案内《あない》いたせ」

笹塚孫一の命に尤蔵が、

「本日は他用で主六三郎がおりませぬ。蔵の鍵は主が持っておりますので他日お越し願えませぬか」

「戯け者が、奉行所の出役をなんと心得る。町方の商いではない。老中支配下の南町奉行所の出役である。主が他出のときは内蔵の鍵、銭箱の鍵など一切を、番頭のそのほうが預かりおくこと知らいで出役したと思うてか！」

と小柄な体からは想像もできない大喝《だいかつ》が店じゅうに響きわたり、木下一郎太が長十手を構えて帳場格子へと歩み寄っていった。すると尤蔵がぶるぶると身を震わせ始めた。

「番頭、笹塚様の命に従え。さもないと手荒なやり方をせねばなるまい」

と低声で囁くと尤蔵の震えが一段と激しくなった。

「尤蔵、それがしの言葉、耳に届いたな」

「はっ、はい」

もはや逃れられぬと観念したか、尤蔵が鍵束を手に立ち上がった。

札差の扱う品物は米に決まっていた。だが、札差を大金持ちにしたのは、武家社会の年三度に分けての禄米渡しだ。所領地からの米を春季、夏季に取り高の四分の一ずつを、

「一米二金」

の割合で客たる旗本御家人に渡し、冬季に残りの二分の一をこれまた一米二金で渡す制度だった。

体面を気にする武家社会で、決められた禄米だけで暮らしを立てるのは至難のことだ。一方、幕府の役付きになれば役料が入るので暮らしは豊かになる。だが、役付きは旗本御家人のごく一部にすぎず、猟官をしようにも金子がなければでき

ぬ相談で、つい禄米の前借りをする。ために札差はその職分を超えて高利貸しが如き商いをして利を生み、札差から分限者《ぶげんしゃ》が輩出した。

札差の商いの本分は米の換金だが、もう一つの顔は金貸しだった。禄米は幕府の御米蔵に保管されていたために、札差の蔵はさほど大きなものではない。

伊勢屋六三郎方の蔵は母屋の中に組み込まれた内蔵で、尤蔵が震える手で内蔵の二重の扉を開けた。

内蔵に入ったのは、番頭の尤蔵の他に笹塚孫一に笠間軍兵衛、それに御用提灯を片手に持った木下一郎太の三人だけだ。

「番頭、十七残った品はどこに隠しておる」

「はあ、なんのことでございましょうな、笹塚様」

尤蔵の態度には開き直った感じがあった。

「肥前《ひぜん》長崎から豊後関前藩領に入り、さらに関前藩の藩船に密かに積まれて江戸に運ばれてきた品のことよ。二年前の品は百匁包みが十七に減っておろうが」

笹塚の言葉を聞いた尤蔵の顔がぱあっと明るくなった。

(なんだ、南町の知恵者与力め、過日押収した品を売り込みに来たのか)

「笹塚様、迂遠《うえん》な話をなさるので、この尤蔵、肝を冷やしましたよ。ようございいます、明和三丸で運び込まれた四十貫の阿片、そっくりそのまま伊勢屋が買い取ります。言い値を言うてくだされ、笹塚様」

「四十貫の阿片とはなんじゃな」

「恍《とぼ》けられては困ります。そうですな、十貫五十両の値にて、総額二百両を南町にお送りいたしますので、こちらに品をお引き渡し願いとうございます」

「笠間どの、一郎太、こやつの言うこと、とくと耳にしたな」

二人が大きく首肯した。

「尤蔵、もそっとこちらに参れ」

「買い値が安いと仰いますか。ならば百両を上乗せして三百両ではどうでございますな」

尤蔵が笹塚に近付きながら言った。笹塚の指揮十手がひらめくと、尤蔵の鳩尾《みぞおち》を、ぐいっと突いた。

「げええっ」

と悲鳴を上げた尤蔵が尻餅《しりもち》をついて大仰に床に転がった。

「まず百匁包みの阿片十七個を見せよ。話はそれからじゃ」

笹塚が命じ、一郎太が尤蔵の襟首を摑んで引き起こすと、

「痛い目に遭う前に申せ、内蔵のどこに隠しておる。そなたが昨夜、料理茶屋『しばらく』で奏者番様の用人と交わした会話の一切を聞き取ってのことだ。出さぬと笹塚様も話が進められまい」

「ふ、船簞笥《ふなだんす》の引き出しにございます」

尤蔵が鍵束の中から一本の鍵を木下一郎太に差し出した。御用提灯を蔵の柱に引っ掛けた一郎太が命じた。

「よし、そなたが開けよ」

尤蔵がよろよろと船簞笥に近付き、上段の引き出しを抜くと、その奥の隠し穴から百匁包みの阿片を一つ取り出した。

一郎太が小柄《こづか》を抜くと包みに突っ込み、抜いた小柄の切っ先に付着した白い粉を御用提灯の灯りの下で調べ、小指の先につけて舌で確かめた。

「上物にございますよ。こたびの明和三丸の品はさらに上物と聞いております、楽しみでございます。それにしても笹塚様、魚心あれば水心、なにも乱暴を働かなくともようございましょうに」

尤蔵が言いながら、突かれた鳩尾を恨めしそうに手で撫でた。

「笠間様、お確かめを」

一郎太が市中取締諸色掛与力の笠間軍兵衛に阿片を渡し、自らは引き出しの奥の隠し穴から残り十六個を取り出して船箪笥の上に積んだ。

「一郎太、予ての打ち合わせどおりに富士見坂の豊後関前藩邸に走り、この品を二つばかり坂崎正睦様にお届けせよ」

「はっ、畏まりました」

と一郎太が承ると、尤蔵が、

「どういうことでございますな」

と問い返した。

「そのほう、笹塚孫一をおのが同類と勘違いしておらぬか。それがしもな、清濁併せ呑むくらいの芸は持っておる。じゃがな、渇《かつ》しても盗泉《とうせん》の水は飲まぬ。そなたらのような薄汚い商人《あきんど》風情の差し出す賄賂《まいない》は受け取らぬのじゃ。木挽町の奏者番様と一緒くたにするでない。分かったか、番頭」

と言うとつかつかと尤蔵に歩み寄り、こんどは指揮十手を振りかぶって力任せに額を殴り付けた。くたくたと失神する伊勢屋の番頭を横目に、

「一郎太、早う富士見坂に走らぬか」

と叱咤《しった》した。

その刻限、駿河台富士見坂の関前藩邸門前に国家老坂崎正睦の一行が到着していた。藩主実高の名代としての訪問にも拘《かかわ》らず、江戸藩邸では大戸を閉ざしていた。

磐音が門前に立つと、

「藩主福坂実高様の名代、国家老坂崎正睦様の到着である。開門あれ！」

と叫んだ。

だが、表門の内側からは緊張がひしひしと伝わってくるばかりで、なんの応答もなかった。

磐音が今いちど告知しようとしたとき、表門の中で騒ぎが始まった。

「なにゆえ藩主実高様の名代の訪問を拒むや、即刻開門いたせ！」

と叫ぶ声は留守居役兼用人の中居半蔵だった。

「中居様、江戸家老鑓兼様の命にて、国家老どのの江戸訪問には多々訝しきところあり、実高様の名代に非ず、とも考えられる。国許に国家老の江戸出府が藩主実高様の意を汲んだものかどうか、至急問い合わせ中である、そのご返答を待つべしとのお言葉にございます」

「本日の訪問は先日、国家老坂崎正睦様がこの屋敷に参られ、お代の方様、江戸家老の鑓兼様にすでに申し伝えしことである。詭弁《きべん》を弄さず、直ちに開門せよ。せずば、中居半蔵、一命を賭しても開けてみせようぞ」

中居の声が磐音に伝わってきた。するとざわざわとした話し声が伝わってきて、不意に静寂が訪れた。

しばらく邸内からなんの言葉も上がらなかった。

「留守居役兼用人中居半蔵、江戸家老の権限で閉門を命じた。開門はならじ」

鑓兼参右衛門の声が響きわたり、

「ご家老、そなた様の専横、見逃し難し。刺し違えても開門いたす」

「者ども、中居半蔵、乱心したり。討ち果たせ！」

こんどは反対に鑓兼参右衛門の声が一派の家臣に命じ、

「許さぬ」

と坂崎遼次郎らしき声がそれに抗する気配を見せた。

磐音は乗り物に戻ると、

「父上、しばしお待ちを」

と願うと独り通用口に行き、

「門番どの、それがし、坂崎磐音にござる。それがしをお通しくださらぬか」

と願った。

しばし返答はなかった。磐音が強引に押し入る手立てを考えたとき、

「ご免なされ」

弥助の声がして同時に門内でだれぞの呻《うめ》き声が聞こえると、通用口が開かれた。

開けたのは霧子で、弥助の足元に門番二人が崩れ落ちていた。

「助かった」

弥助と霧子に応じた磐音がゆっくり表門の内側に向かうと、鑓兼一派が門内で中居半蔵らと睨み合い、式台の前には鑓兼参右衛門が仁王立ちになり、その前にも鑓兼一派の面々が立ち塞がっていた。

中居半蔵らは前後を挟《はさ》まれた不利な立場に置かれていた。

磐音は睨み合う二派の間にするりと入り込むと、表門を死守しようとする鑓兼一派と向き合った。

十数人の家臣のうち、磐音が辛うじて承知なのは二人ほどだ。それも名前の記憶がない。鑓兼が関前藩江戸屋敷を支配するようになって、雇い入れた面々であろう。

「ご一統に申し上げる。門外の国家老坂崎正睦様は藩主実高様の名代にござる。開門されよ。さもなくば、藩主実高様の命により、直心影流尚武館坂崎道場坂崎磐音、開門を阻む者すべて斬《き》り捨て申す」

朗々とした磐音の宣告の声に鑓兼一派が竦み、反対に中居半蔵を頭とする反鑓兼一統が勢いづいた。

「者ども、坂崎磐音の言葉など信ずるでない、まやかしにすぎぬ。反対に斬り捨てよ、成敗せえ」

鑓兼が式台前から叫んだ。

「よし、それがしが」

巨漢とその朋輩の二人が大刀を引き抜くと磐音に迫ってきた。八双《はっそう》と突きの構えだ。

「愚か者が」

言いながら二人が同時に踏み込んできた。

磐音も同時に間合いを詰めつつ、備前包平《かねひら》の柄に手をかけた。

すでに死地を切り、対決する三人は生死の間合い内にいた。

磐音の肩口に八双の刃が落ちてきて、斬り割らんとした瞬間、

そより
とした微風が吹き抜けると、鞘から音もなく滑り出た刃渡り二尺七寸（八十二センチ）が一条の光に変じて、巨漢の胴を撫で斬り、突きを外された相手が反転するところに飛び込んだ磐音の怒りの剣が喉元を、
ぱあっ
と断っていた。

一瞬の斬撃《ざんげき》に二人が崩れ落ちた。

磐音が残りの鐺兼一派を静かに睨んだ。もはや磐音に抗する者は一人としていなかった。

「門を開けられよ」

磐音の声にがくがくと頷いた面々が閂《かんぬき》を外し始めた。

「遼次郎どの、骸を片付け、血を清めなされ」

と磐音が義弟に命ずると、

「はっ」

と畏まった遼次郎や反鐺兼の家臣たちが動き出した。

磐音は血振りをして包平を鞘《さや》に納め、式台を振り返った。憤怒で顔をどす黒く

した鐺兼参右衛門の視線を静かに受け止めた磐音が、

「後刻、お目にかかろうか」

と言うと、鐺兼はくるりと背を回して奥へと消えた。

豊後関前藩門前で国家老坂崎正睦の行列が再び動き出そうとしていた。

磐音は富士見坂の一角に大名家の御触事を監督する大目付高峰《たかみね》八五郎《やごろう》の姿をちらりと目に留め、遠くから会釈した。

大目付の内々の出張《でば》りも速水左近が手配りしたことだった。

乗り物が門を入ってきた。

再び磐音の声が響き渡った。

「関前藩ご家来衆一同に申し上げる。これより藩主福坂実高様名代、国家老坂崎正睦様が大書院にて江戸家老鐺兼参右衛門様と対面いたす。ご一統、洩れなく大書院に参集くだされたし」

改めて告知する磐音の声を聞き、関前藩江戸藩邸が新たなる緊張に包まれた。

そんな最中、関前藩邸の裏口を抜けた鐺兼一派の一人が、木挽町の田沼意知邸に向けて急を知らせに向かった。だが、気勢が上がる反鐺兼一統はその使いを見逃していた。

三

豊後関前藩江戸藩邸の大書院は、藩主以下列座して大事な行事を執《と》り行うときに使われる場だ。

だが、実高は参勤下番で国許の関前にいた。にも拘らず士分以上の家臣の大半が続々と大書院に集まってきたのは、国家老坂崎正睦が藩主の名代、正使であることを理解していたからだ。

それら家臣は、鑓兼一派が上段の間に向かって右側に集結し、反鑓兼一統は庭に面した左側に座していた。そして、どちらの組にも積極的に与しない中間派が両派の対決の緩衝役として中央に控えていた。

鑓兼一派は士分以上の家臣のおよそ三割、反鑓兼一統はそれより少なく二割から二割五分、どちらともつかない中間派が四割以上を占めて、三派ともに無言のまま、不安げにその瞬間を待っていた。

坂崎正睦と磐音は、鑓兼一派が先手を取られて混乱する中、奥の間にある藩主福坂家の仏間にひっそりと籠り、先祖の藩主一族の御霊《みたま》に合掌し、遠い関前にある実高と無言の会話をして時を過ごし、心を落ち着かせた。そして、その間に一人の訪問者と密やかに面談した。浅草御蔵前通りの札差伊勢屋六三郎方から駆け付けた南町奉行所定廻り同心木下一郎太だ。

「そこもと方の迅速なる働き、必ずや騒動に決着をつける道具として使わせてもらう」

正睦の言葉に一郎太がほっと安堵の表情を見せ、

「木下どの、もうしばらくお付き合い願いたい」

と磐音が乞《こ》うた。

一方、お代の方が住まいする離れ屋からは、神経を逆撫でするようなお代の方の声が絶え間なく響き渡っていた。

ために大書院上段の間は未だ無人だった。

いつどのようなかたちで大書院の対決が始まるか、家臣一同は理解がつかなかった。

先手を取られた江戸家老鑓兼参右衛門は、反撃に移るべく大書院に一番先に姿を見せた。

上段の間に入ると立ったまま、大書院の家臣を眼光鋭く睨《ね》め回して鑓兼一派の近くに座した。そして、家臣一同、驚くべき光景を目にすることになる。鐺兼が落ち着いた頃合いを見計らい、なんと藩主正室のお代の方が姿を見せ、上段の間中央、藩主が座すべき場所に腰を下ろしたのだ。

大書院にざわめきが奔《はし》った。

武家社会で公式な場に女人が同席することはまずない。その禁忌を破ってお代の方が登場したことで鐺兼一派に力を与えた。だが、同時にそれは、

「不安の裏返し」

ではと、反鐺兼一統と中間派に感じさせる行動でもあった。

中間派の席でだれかが呟いた。

「雌鶏《めんどり》歌えば家滅ぶ」

別の家臣が、この言葉に応じて呟き返した。

「雌鶏勧めて雄鶏《おんどり》時をつくる、ということを奥方様はご存じないか」

中間派の面々の胸にこの二つの呟きは静かに広がっていった。

ざわめきが鎮まった時分、庭伝いの廊下から江戸留守居役兼用人の中居半蔵が継裃姿で登場し、上段の間の端に座した。だが、上段の間の中央に脇息に身を凭せかけてどっかと座すお代の方には一瞥《いちべつ》もくれなかった。

あとは藩主福坂実高の名代たる正使坂崎正睦の登場を待つだけだ。

しばしの間があって、

「福坂実高様名代、正使坂崎正睦様、ご出座！」

との小姓の甲高い声が上段の間の背後から響いてきて、反鑓兼一統と中間派が頭を下げて待った。

だが、鑓兼一派は坂崎正睦を正使として認めたくはないのか、傲然《ごうぜん》と頭を上げたままだ。

そのとき、反鑓兼一統の間に驚きの気配が静かに広がっていった。

庭に面した廊下に、かつて関前藩士であった坂崎磐音が継裃姿で姿を見せたからだ。それに気付いた鑓兼参右衛門が上段の間に立ち上がり、磐音に向かって、

「関前藩士でもなきそのほうがなぜこの場に列座するや。直ちに去《い》ね。去なぬなら、力尽くでも退《さ》がらせようぞ！」

と怒鳴った。

すると鑓兼の背後で殺気が奔った。用心棒剣客でも控えさせているのか、その連中が動こうとする気配をみせた。

磐音は平然とした挙動で激昂する江戸家老に会釈を返すと、左手を腰に差した

小さ刀の柄に置いた。

その動作の意味を目ざとく察した陰監察の纐纈茂左衛門が、

「おお、坂崎磐音様は藩主実高様ご愛用の黒塗家紋蒔絵《まきえ》小さ刀を差しておられるぞ！」

と実高が登城の際に用いる小さ刀だと叫んでいた。その場にある家臣一同は一瞬にしてその意味を悟った。つまり坂崎磐音は、正使坂崎正睦の警護方であると同時に福坂実高の意を汲んだ、

「忠臣」

ということだ。実高が登城の際に用いる小さ刀を腰に佩《はい》しているのは、明らかに坂崎磐音が福坂実高の、

「代役」

を務めていることを意味していた。

立ち上がった鑓兼参右衛門も磐音の腰の小さ刀に気付き、振り上げた拳をどうしてよいものか、迷った。

そのとき、上段の間への出入口に人の気配がして、藩主実高の名代、正使の登場を小姓が示して、

「ご一同、着座なされ、頭を下げられませ」

と宣告した。

その声を聞いた鐺兼参右衛門はしぶしぶその場に腰を下ろした。だが、頭を下げることはしなかった。それを見倣うように鐺兼一派も傲然と頭を上げたままだ。

「ご一統、藩主実高様名代のご出座にございます。頭を下げられませ」

凜とした小姓の声が再び響いて、鐺兼参右衛門も致し方なくかたちばかり頭を下げた。そして、それに倣うように鐺兼一派も平伏した。

だが、その場にある家臣全員がちらりちらりと名代の行動を確かめようと、上目遣いの視線を送った。

上段の間で平然としているのはお代の方だけだ。

坂崎正睦が上段の間に入った。

継裃の襟元に差し込まれた書状には墨痕《ぼっこん》鮮やかな、

「上意」

の二文字が見えた。

その文字は家臣のだれもが承知の福坂実高の手跡であった。

反鐺兼一統と中間派、さらには鐺兼一派の半数ほどが平伏した。

坂崎正睦は上段の間に一、二歩入ったところで足を止め、後ろに従う小姓に無言の合図を送った。すると心得た小姓が腰を屈めてお代の方に歩み寄り、何事かを小声で囁いた。

するとお代の方の金切り声が上段の間から大書院に響き渡った。

「わらわは藩主実高の正室じゃ。国家老とて家臣の一人にすぎぬ。なぜこの場を明け渡さねばならぬ！」

「お代の方様、実高様のご名代にございます」

小姓が平然として応じた。

「なにっ、小姓ごときもわらわに逆らうや」

と叫び返したお代の方に家臣の視線が突き刺さってきた。それは明らかに武家社会の習わしを踏み外したお代の方への非難の眼差しだった。それでも動こうとしないお代の方に小姓が、

「藩主福坂実高様名代にございます」

と再び大書院に通る落ち着いた声で宣告した。

さすがのお代の方も我を張り切れなかった。座を外すと鎧兼の前に下がらざるを得なかった。すると小姓が、お代の方が使っていた大座布団と脇息をかたわら

に下げた。

上段の間中央に正使坂崎正睦が立った。

家臣一同も畳に手を突いたまま、面を上げて正使を見詰めた。

「ご一統に申し上げる。それがし坂崎正睦、藩主福坂実高様の名代として上意を伝える」

「ははあっ」

と一同が平伏した。

平伏しない者は上段の間のお代の方と鐙兼参右衛門だけだ。

「お代の方様、坂崎正睦はただの国家老ではございませんぞ。藩主実高様の名代にございます。それがしに拝礼せぬということは、藩主実高様に礼儀を尽くさぬということにございます」

正睦の言葉になにかを叫びかけたお代の方の袖を鐙兼参右衛門が引いて、頭を下げた。ためにお代の方も見倣うしかなかった。

その行動を首肯して見た正睦が、

「ご一統、面を上げて実高様のお言葉を謹聴なされよ」

と許しを与えると、立ち姿のまま瞑目して呼吸を整え、両眼を、

くわっ
と見開いた。そして、襟元から上意と書かれた奉書を取り出し、両手で捧げ持って奉じると披いた。表書きを襟元に戻した正睦が実高の書状を抜き、目を落とすと、

「上意」

とまず告知した。

一同が軽く平伏した。だが、実高の命を聞かんと面を上げた。

「関前藩江戸藩邸に伝わる風聞に実高心を痛め、国家老坂崎正睦を予の名代として江戸に遣わす。予の憂いは、藩物産事業を利して、長崎で仕入れし到来品を江戸に運び込む商いにあり。関前藩が物産事業を興せしは、多年の借財を返金し、領内の物産を江戸において売り立てることに主眼があった。にも拘らず近年、事業の拡大を狙うあまり、異国からの到来品を物産事業に加えしこと、本来の企てから逸脱せしこと明白なり」

正睦は一瞬実高の肉筆の文字から目を離し、家臣一同を見た。一同が正睦の言葉を傾聴していることを確認すると、さらに書状を読み続けた。

「されど、長崎口の物品の江戸への持ち込み、売り立ては幕府の触れに反せず。

予が危惧するは、到来物の品の中に御禁制の阿片を隠し入れて江戸にて密売を企む一部の家臣がおることにあり」

正睦の言葉は家臣一同に驚愕《きょうがく》を与えた。

「国家老どの、錯乱なされたか。そのような話を殿に吹き込んだはそなた自身ではないか」

鐺兼参右衛門が正睦に迫ってきた。

「黙らっしゃい。鐺兼参右衛門、殿のお言葉が得心できぬか」

正睦が呼び捨てにして江戸家老を制し、

「磐音、南町奉行所同心木下一郎太どのを庭先へ」

と命じた。

磐音が、大書院から見えぬ庭先に控えていた木下一郎太を招き、満座の家臣が見守る前で木下が百匁包みの阿片二つを磐音に差し出した。

「木下どの、これはなんじゃな」

そう言いざま、包みをひとつ受け取った磐音は、上段の間にある鐺兼の前に投げた。すると木下一郎太がもうひとつの包みを小柄で突き、粉がその穴から散り零《こぼ》れた。

「正真正銘の阿片にござる。先刻南町の手入れにて押収せし先は札差伊勢屋六三郎方の内蔵の船簞笥の中にござった」

磐音が上段の間に上がった。

「ご家老、坂崎どの、それが本物の阿片であるとしても、わが藩の物産事業に組み込まれていた証にはなりますまい」

中間派の勘定方池辺仁左衛門《いけべにざえもん》が異論を挟んだ。

「いかにもさよう。そのことはどうか、木下どの」

正睦が庭先の一郎太に問うた。

「過日、ご当家の所蔵船明和三丸が佃島沖に碇を下ろした折り、とある筋からの知らせを得て、われら南町奉行所捕り方が船に乗り込み、長崎口の品、南蛮長持ちの中より四十貫という大量の阿片を押さえてございます。むろん主船頭の市橋《いちはし》太平《たへい》どのを取り調べたところ、領内の海産物とは監督が別にて、江戸家老鑓兼参右衛門様の管轄下にある品々とか」

「黙りおろう!」

鑓兼参右衛門が立ち上がって叫んだ。そして、背後の用心棒を呼ぼうとした。

「もう一言付け加えさせてくだされ」

「この四十貫もの阿片の受け入れ先が、札差伊勢屋六三郎方。鐺兼様と伊勢屋の番頭尤蔵なる者は昵懇《じっこん》の間柄にございまして、昨日も鐺兼様と尤蔵は芝居見物のあと、料理茶屋『しばらく』の座敷にて親しげに密談なされた間柄にございます。それで得心いたされましたかな」

木下一郎太が庭先から言い切った。

「不浄役人めが、国家老に金でも摑まされたか」

と鐺兼が叫び、お代の方が、

「そなた、わらわを放りおいて商人風情と密談しやったか」

と喚いた。

「すべて虚言じゃ。正使を騙《かた》る坂崎父子を始末いたせ！」

と叫ぶと襖が開いて、襷がけの剣術家が三人姿を見せた。それに呼応して坂崎遼次郎、纐纈茂左衛門ら反鐺兼一統の面々が立ち上がり、磐音が、

「ご一統、お静まりくだされ」

と制した。

「鐺兼どの、木下一郎太どのを不浄役人呼ばわりなされたな。木下どのは清廉潔

白な南町の定廻り同心にござる。鐺兼参右衛門どの、抗弁あらばこれからの取り調べにて述べられよ」

「家臣でもないそのほうの命は受けぬ」

「もう一つ申し上げる。実高様名代が仰せられた阿片抜け荷の一件に加え、二年ほど前の物産方南野敏雄どの、そして、先日の石垣仁五郎どのの殺害の疑いがそのほうにかかっておる。今後、厳しい取り調べが待っておると覚悟せよ」

　磐音の言葉に家臣一同の視線が、お代の方の寵愛で急速に昇進を重ねた鐺兼参右衛門に集まった。

「すべて言いがかりじゃ」

　と狼狽する江戸家老に磐音がさらに言い募った。

「最後に、豊後関前藩の命運を決することを述べようか。当家門前には、幕府大目付高峰八五郎どのが内々に控えておられる。関前藩が自らの力でこの不正を裁き切れぬとき、大目付どのは職権に照らして行動なさる所存にござる」

　磐音の言葉は家臣一同に激しい衝撃を与えた。

「おのれ、戯言を言いおって、こやつを始末いたせ」

　鐺兼一派の家臣は動くに動けなかった。三人の剣術家だけが正睦に斬りかかろうとした。

「父上、こちらに」

未だ実高の書状を手にした正睦を自らの背後に避けさせた。

「磐音、それがしの脇差を使え」

中居半蔵が、小さ刀しか所持せぬ磐音に自らの脇差を差し出した。中居は実高の小さ刀を不逞《ふてい》の剣術家の血で穢すことを恐れたゆえだ。

「お借り申す」

受け取った磐音に剣術家の一番手が猛然と斬りかかってきた。

磐音は半蔵の脇差を抜く暇もない。ために斬りかかってきた剣術家に鞘ごと向かって大胆にも踏み込むと、相手の刃を躱《かわ》して脇差の鞘尻で鳩尾を強《したた》かに突き上げた。

ぐえっ

という悲鳴を残した相手は両足を高々と上げて、上段の間から彼らが潜んでいた控えの間へと飛ばされた。

磐音は半蔵の脇差の鞘を払うと、見もせずに半蔵に向かって鞘を投げ、

「次なる相手は鞘尻では済まされぬ。斬る」

と宣告した。

直心影流尚武館坂崎道場の道場主にして、先の西の丸徳川家基の剣術指南の武名は江都ばかりか、東海道筋、関八州《かんはっしゅう》に知れ渡っていた。

その磐音が脇差ながら刃を構えて二人に相対したのだ。

相手は立ち竦んで動けない。

「参られよ、それともそれがしから参ろうか」

上段の間の戦いを関前藩江戸藩邸の家臣一同が固唾を呑んで見守っていた。

「斬れ、斬るのじゃ」

鑓兼参右衛門が二人の尻を叩くように喚いた。

すいっ
と磐音が前に出た。

その動きに誘われるように二人が突っ込んできた。

磐音は居眠り剣法を捨て、憤怒の形相で相手の動きを掻い潜り、一人の胴を薙《な》ぐと、もう一人を肩口から袈裟《けさ》に斬り割ってその場に押し潰していた。

一瞬の早業である。怒りの刃ながら氷のように冷静な剣さばきに、家臣一同は茫然として言葉も発せられなかった。

「残るはお一人」

と磐音が鐺兼参右衛門を見た。

「そなた、家臣の命を二人まで奪って阿片の抜け荷をいたし、私腹を肥やすことだけが企みではなさそうな。裁きの場で抗弁するもよし、はたまた留守居役兼用人中居半蔵様の刃に斃《たお》れるもよし。一廉《ひとかど》の武士ならば己の道はつけられよう」

磐音の言葉に脇差の柄に手をかけた鐺兼参右衛門が、救いを求めるようにお代の方を見た。

「そなた、わらわを騙してかような泥沼に誘い込みやったか」

お代の方が哀しげな顔で鐺兼を見た。

鐺兼参右衛門は一派の面々に助けを求めて視線を送った。だが、だれもが磐音の壮絶な技を見せられて恐怖に竦み、鐺兼の眼差しを避けて顔を伏せた。

「そのほうら、働け、動け」

「鐺兼、残るは木挽町からの助っ人じゃが、二度目の使いもわが手中にありて、あちらにはそなたの願いは届かぬ」

鐺兼とごく一部の者にしか理解のつかない言葉だった。磐音は、田沼との闘争と豊後関前藩の騒動は分けて始末すべきと考えていた。

「おのれ」

脇差を抜き放った鐺兼参右衛門が刃を振りかぶり、片手殴りに磐音に斬りかかってきた。

磐音はその場を動くことなく引き付けて、

「実高様に代わりて成敗！」

と宣告をなすと、鐺兼参右衛門の胴に深々とした一撃を見舞った。

「うっ」

と一瞬立ち竦んだ鐺兼はしばらく体をゆらゆらと揺らしていたが、前のめりに崩れ落ちていった。それを見届けるように顔面蒼白《そうはく》のお代の方がふらふらと立ち上がった。

「お代の方様、お待ちあれ」

と正睦は言うと、

「磐音、実高様の文をお代の方様にお渡し申せ」

と命じた。

はっ、と畏まった磐音は手にしていた抜き身を中居半蔵に戻し、懐から実高が自ら記したもう一通の書状をお代の方に差し出した。

「磐音、かような場で会いとうはなかった」

磐音は応える術《すべ》を知らなかった。ただ脳裏に仲睦まじかった藩主夫妻の面影が走馬灯のように浮かんでは消えた。

手にした書状がなくなり、お代の方も姿を消していた。

場は名状しがたい不安と怯えに支配されていた。

「ご一統に改めて上意の書状、指し示す」

正睦が藩主実高の書状を一同に広げて見せた。

「殿がそれがしに願われたことは、藩の騒乱でも分裂でもない。安泰である。邪《よこしま》な考えの者に操られた藩全体の油断、家臣一同で考えねばなるまい」

正睦が穏やかに話し出した。そして、触れてはならぬ一事に言及した。

「関前藩には大きな懸念がござる。お世継ぎがないことじゃ。じゃが、国許にはお玉様と仰る側室がありて、ただ今懐妊されておられる」

おおおっ！

というどよめきが大書院に広がった。

「とは申せ、生まれくるお子が男子か女子か分からぬ。殿はすでに還暦を越えておられる。お玉様の腹のお子に関前藩の命運を託することもあろう。じゃが、殿はもう一つの途を用意なされた」

　正睦は絶妙な間を置いて、一同を話に惹《ひ》き付けた。

「豊後日出《ひじ》藩の木下《きのした》様分家、五千石の立石《たていし》領の領主の弟御、木下俊次《としつぐ》様十八歳を養子として、この四月に迎え入れるご決心をなされた。それがし、殿に従い、俊次様となんどかお会いしたが、聡明な若武者である。ためにそれがしが、老骨に鞭打ち、藩船明和三丸に乗り込み、江戸に参った次第である。過日、奏者番速水左近様の手助けを得て、幕閣に木下俊次様の養子の件、お認めいただいた」

　わあああっ！

　と晴れやかな歓声が上がった。

「次の参勤上番には俊次様も同道して江戸入りなされる」

　言葉を切った正睦が再び険しい顔に変えて一同を睨み回し、

「こたびの関前藩の内紛、なんとしても幕府に容認してもらわねばならぬ。そのためにも家臣一同、なにをなすべきか熟慮し、慎重に行動せねばならぬ。江戸家老が画策せし抜け荷騒ぎの後始末、ただ今より数人の家臣をそれがしが選んでその者たちとともに早急な解決を図る。その者とは中居半蔵、纐纈茂左衛門……」

　と六人の名が正睦の口から次々に告げられた。それは反鑓兼一統、中間派、鑓兼一派と見られた中から等分に二人ずつ選ばれていた。そのために鐺兼一派にほっと安堵の吐息が洩れた。

「この者たちの他に適宜、目付などの力を借り受けて調べを厳正に行う。抜け荷商いに直に加担した者には厳しい沙汰が下ると思え。また、起こっておることをなにも知ろうとはせず、動こうとしなかった者も責めを負うて猛省してもらわねばならぬ。われらはなんのために禄米を頂戴しておるか、よう考えねばならぬ」

切々とした正睦の言葉に家臣一同が耳を傾けていた。

「大書院の集いは解散いたす。各々、自らの御用部屋に戻り、職分を尽くせ。どのような目的であろうと仲間同士が集うて行動することを禁ずる、よいな。われら、一人ひとりが分《ぶん》を心得て、ふだんどおりの御用を務めるのじゃぞ」

磐音は廊下から庭に下りると、

「木下どの、造作をおかけ申した」

と友に頭を下げた。

四

昼行灯と評される国家老坂崎正睦の詮議指揮は、迅速にして果敢を極め、夜を徹して江戸家老鑓兼参右衛門による藩物産事業を利用しての阿片の抜け荷と江戸持ち込みが調べられた。

詮議団に指名された鑓兼一派の二人が愕然《がくぜん》とさせられたのは、江戸家老の御用部屋と屋敷から取引きの内容を克明に記した帳面類、長崎の藩屋敷と交わした書状類、多額の金子三千七百余両、そして阿片の包みがいくつか発見された事実だった。それを自らの目で確かめた二人は、自分たちが頭領と仰いだ鑓兼参右衛門の正体を知らされ、自らの行動を悔いることになり、詮議に積極的に協力するようになった。

また詮議の過程で南町奉行所の笹塚孫一や笠間軍兵衛の助けを借りて、阿片の卸しに携わっていた札差伊勢屋六三郎と番頭尤蔵の自供が折り折り届けられ、関前藩江戸屋敷の取り調べに生かされた。

物産事業を利用した長崎口の到来物の売買と阿片の抜け荷密売の実態が、だんだんと明らかになっていった。

正睦は磐音の忠言を入れて、鑓兼参右衛門がなぜ豊後関前藩に仕官したのか、その真の狙いは、の調べには触れず、時に詮議を担当する纐纈ら面々に目を瞑《つぶ》ることを要求した。

正睦は繰り返し、

「われらが為《な》すべきことは関前藩内の綱紀粛正であり、再発の防止であり、詮議はそれに限るべきである。この責めはすべて坂崎正睦が負う」

との考えと覚悟を述べた。

田沼父子の真の敵は坂崎磐音、家基を支持した一派の残党の掃討なのだ。そのために詮議団や目付衆は、江戸家老鑓兼参右衛門の背後に田沼父子が控えていることをおぼろげに察しながらも、その構図を推測するにとどめた。

纐纈茂左衛門は陰監察として、また坂崎磐音や中居半蔵から知らされていたから承知していたが、他の面々と同様に知らぬふりをした。そして全員が坂崎正睦の考えを入れて、関前藩内に限った詮議を続行した。

その調べはわずかな仮眠と休息を挟んで二晩三日にわたることになる。

磐音は弥助と霧子を残して尚武館坂崎道場の門弟、松平辰平、重富利次郎らを小梅村に戻し、磐音自らは取り調べの場に加わることなく、別棟の物産所の建物に控えて、詮議が終わるのを待ち続けた。

「なんであったのか」

大書院で江戸藩邸の士分以上の家臣が藩主実高の名代たる坂崎正睦から上意を示された日の翌々日、玄関先に権門《けんもん》駕籠が横付けされた。

磐音は開け放たれた物産所からその様子を見ていた。すると地味な旅仕度に身を窶したお代の方が、わずか二人の供とともに屋敷を出る様子を見せた。

紫地のお高祖頭巾《こそずきん》のお代の方が関前藩江戸屋敷のあちらこちらに視線をさ迷わせ、物産所に控える磐音と目が合った。

会釈をなした磐音は、急ぎ縁側から庭に下りた。するとお代の方も磐音に歩み寄り、自ら声をかけた。

「坂崎磐音、わらわはなんと愚かな所業をなしたものよ。昨日、そなたの父、正睦と幾たびか面談し、事の次第を知らされました」

磐音はただ小さく頷いた。

「わらわが犯した罪科《つみとが》、一命に替えても許されるものではございますまい。なにより実高様にどうお詫び申してよいか、わらわは自裁することも考えました。じゃが、この騒ぎで斃れし家臣らの菩提を弔《とむろ》うて余生を過ごされよという正睦の忠言を入れ、わらわは剃髪《ていはつ》し、鎌倉尼五山東慶寺《かまくらあまござんとうけいじ》に入り、残りの生涯を御仏《みほとけ》に仕えることにいたしました。磐音、愚かなわらわを許してたもれ」

磐音が知るお代の方の声音だった。そして、お高祖頭巾の意を磐音は知らされた。

「お代の方様、関前藩士でもなきそれがしの僭越こそ、許されるべきではございませぬ。非礼の数々お許しくださりませ」

「正睦に諭されました。磐音が一身に負うた重荷は、豊後関前藩どころではない、天下の正邪を負わされているとな。そのそなたに旧藩関前の不始末を裁いてもろうた。磐音、これからも実高様と関前藩を陰から支えてくだされ。わらわの最後の願いです」

お代の方が磐音にお高祖頭巾の頭を深々と下げた。

「お代の方様、どうか、お顔をお上げくださりませ。仏門修行に精進なされれば、いつの日か実高様にお目通りも叶いましょう」

お代の方が顔を上げた。なにか憑《つ》き物《もの》が落ちたように清々《すがすが》しい表情に変わっていた。

「わらわが犯した罪は、そのような生半可な精進で消えるものではない。わらわがとくと承知しております。別れの刻です、坂崎磐音」

「息災にお暮らしくださりませ」

磐音は深々と腰を折って別れの挨拶をなした。

「この十年余、そなたらが始めた物産事業で関前藩が得たものは無数ございましょう。じゃが、坂崎磐音一人を失うた空白を埋めることはできませなんだ」

頭を垂れた磐音の前に、大名家の正室が乗るにはあまりにも質素な権門駕籠が止まり、

「さらばじゃ、磐音」

と声を残したお代の方が駕籠に身を入れた。

旅仕度の老女と女中が一人ずつ従った乗り物は、豊後関前江戸藩邸からゆっくりと姿を消そうとした。その乗り物からお代の方の嗚咽《おえつ》が聞こえてきて、磐音を責めた。

磐音は腰を折り、頭を垂れたまま、いつまでもその姿勢でいた。

どれほどの刻限が流れたか。

「義兄上《あにうえ》、国家老様がお呼びです」

という遼次郎の声で磐音はようやくその姿勢を戻した。

「詮議は終わったか」

「およそのところは終わったかと存じます」

磐音は藩物産所の建物の前から関前藩上屋敷の甍《いらか》を見上げた。

花びらが静かに舞っていた。いつしか桜は満開の時節を迎え、風に花びらが散っていた。

磐音の胸中になぜか、

「散華《さんげ》の刻」

という言葉が浮かんだ。

散華とは本来、仏を供養するために花を撒《ま》き散らすことを指すという。

「お代の方様が鎌倉尼五山の東慶寺に入られた」

「実高様はお代の方様に死を以て償え、と書状を届けられたと聞いております。ですが、正睦様の強い懇願で、東慶寺にて仏に仕えることが決まったのです」

「そなたの養父《ちち》はそのようなお方じゃ」

「正睦様は実高様に勝手な決断をお詫びし、致仕すると詮議の場でご一統に約定なされましたそうな」

「父はその覚悟で江戸に出て参られたのじゃ」

「義兄上、ご心労にございました。関前藩はいつまでも坂崎磐音様に頼ってはならぬのです。われらがしっかりとしなければ」

遼次郎が磐音に詫びの言葉を口にし、磐音は義弟に会釈を返した。

「遼次郎どの、関前藩と父と母を頼む」

「はい、全身全霊を尽くします」

「参ろうか」


磐音は奥の間で正睦と対面した。正睦は疲労困憊《こんぱい》した様子で頬が削《そ》げ落ちていた。その場には詮議に加わった中居半蔵ら詮議団の面々と目付衆など主だった者がいた。

「ご一統様もご苦労にございました」

「磐音、われら、正睦様の身を案じたが、詮議を最後まで指揮して見事な判断を示された」

「半蔵め、年寄りをようこき使いおった」

半蔵と正睦の掛け合いに磐音はただ頷いた。

「磐音、できるだけ罪科を責めることはしとうはなかった。こたびの首謀者の鑓兼参右衛門はそなたが成敗し、お代の方様は剃髪され、仏門に入られた。とは申せ、関前藩はけじめをつけねばならぬ。鑓兼に同調し、積極的に阿片の抜け荷と密売に加担した者が三人おる。それらの者は死に替えて罪を償うしかあるまい。残りの十人余は関前藩から放逐《ほうちく》いたす」

「幕府には詮議の結果をどう報告なされますな」

「磐音、そなたの力を借りたい。大目付どのに面会し、口頭にてこたびの一件の経緯《いきさつ》を告げてくれぬか」

書状で騒動の顚末《てんまつ》を告知しないのは、非公式のうちに処置を願えないかという正睦の考えであった。

「なんぞ他にございますか」

「鐺兼が屋敷に秘匿《ひとく》しておった三千七百余両と阿片を大目付どのに差し出し、不正に取得した金品ゆえ幕府にて始末を願いたいと言うてくれぬか」

「南町奉行所が押収した阿片が四十貫ございましたな」

「それを報告すると南町の知恵者与力どのがお困りになるのではないか」

「父上、ご一統様、過日南町のお力を借り受けた汗かき賃として、なにがしか奉行所にお届けいただけませぬか」

「分かった。半蔵、即刻、その手続きをいたせ」

と命じた正睦が、

「大目付どのに申し上げてくれぬか。豊後関前藩は初心に返り、領内で産する海産物、椎茸などの乾物を江戸に運ぶ物産事業に徹しますとな」

「相分かりましてございます」


磐音はその日のうちに表猿楽町の奏者番速水左近の屋敷で大目付高峰八五郎、勘定奉行赤井忠晶《あかいただあきら》と面談した。むろんその場に速水左近も同席した。

磐音は父の正睦から伝えられたことの詳細を申し述べ、鑓兼参右衛門が藩邸の自らの屋敷に保持していた三千七百十三両と阿片百匁の包み五つを提出した。そして、過日、某所より押収した四十貫の阿片が南町奉行所に保管されている事実を告げた。

「阿片四十貫とな。なんとも途方もない量ではないか」

勘定奉行の赤井が呻いた。

「この大量の阿片が江戸の闇に流れておったら、その悪影響は計り知れまい」

高峰八五郎も慨嘆した。

「さあて、この事実を幕閣に申告せずともよいものか」

赤井が呟いた。

「赤井どの、そうなると豊後関前藩の不正が公になるということにございますな。藩内で血を流し、悪党どもを粛清した自浄行為は無益になりまする」

速水左近が静かな口調で応じた。

「それも致し方なきことにござろう」

しばし座に沈黙があった。

「赤井どの、こたびの騒ぎの首謀者鑓兼参右衛門の出自を申し述べたい」

と高峰が言い出した。

すべての情報は磐音を通じて速水左近に知らされ、それが大目付高峰八五郎に伝えられていた。

「江戸家老の出自が、なんぞこたびの関前藩の騒動に関わりがござるか」

「ござる」

と短く応じた高峰は、鑓兼参右衛門が豊後関前藩に仕えた経緯と事情を淡々と語り聞かせた。

「なんと、鑓兼なる江戸家老は、奏者番田沼意知様が豊後関前藩に送り込んでおいた人物じゃと申されるか」

「田沼意知様の背後には老中田沼意次様がおられ、父子の指示のもとに鑓兼は正室を籠絡して、その寵愛をよいことに出世を重ね、物産事業を隠れ蓑にして阿片の抜け荷を企てておったのでござる。われら大目付もおよそのことを把握しており申す」

「この話、幕閣の談議の場に持ち出せば老中田沼意次様、奏者番田沼意知様も詮議の対象になると申されるか」

「赤井どの、いかにもさよう」

速水左近が言い切った。

赤井忠晶の目玉が目まぐるしく動き、止まった。

「これは西の丸家基様の剣術指南を務められ、いまは尚武館坂崎道場の主坂崎磐音どののご苦労を思い、関前藩の騒動は公にせぬほうがようござろう」

「赤井どの、いかにもさよう。幕府には三千七百余両と四十貫の阿片がもたらされたのです、損はございますまい。もっとも、大量の阿片をどう使うか、それがし、一向に考えが浮かびませぬ」

高峰八五郎がどこか安堵の口調で言い、

「坂崎磐音どの、父上に宜しゅうお伝えくだされ」

と豊後関前藩の騒ぎを内々に始末することで決着が付けられた。

磐音はその場に平伏して感謝した。

ただちに表猿楽町から富士見坂上に戻った磐音は、正睦や中居半蔵ら藩の重臣と詮議団、目付衆が待つ御用部屋に向かうと、首尾を報告した。

一統の疲れ切った顔にようやく笑みが浮かび、正睦が、

「よかった。照埜と二人、狭い船室に隠れ潜んで江戸に出て参った甲斐があったというものじゃ。ご一統、なんとか危機は脱した」

としみじみと呟いた。

「磐音、礼を申す。そなたがおらねば、豊後関前藩六万石はお取り潰しに遭《お》うておったわ」

「中居様、この騒ぎの後始末、未だすべてが終わったわけではございますまい」

「いかにもさよう。目付や纐纈を中心に細かな調べに明日から入る」

と応じた半蔵が、

「国家老様には最後の大仕事が残されておる。国許の実高様に騒ぎの経緯と決着をお知らせせねばならぬ。じゃが、正睦様はこの数日、ちゃんと床に就かれたことはない。磐音、本日は正睦様には小梅村にお引き取り願うて、照埜様、おこん

さんらお身内のおられるところで、ゆっくりとご休息願いたいのじゃが、その儀、どうか」

「むろん、それがしも父とともに小梅村に帰りとうございます」

「半蔵、磐音、それがしにはまだ御用が残っておる」

と正睦が抗《あらが》った。

「父上、老いては子に従えと申します。空也と睦月が小梅村で待っておりますぞ」

「空也に睦月な」

しばし逡巡した正睦が、

「ご一統に勝手を願うてよいか」

「昼行灯様はよう働かれましたぞ。まさか実高様と諮《はか》ってお世継ぎの一件まで考え、幕府に認めさせるなど、われら如きにできる芸当ではございません」

「半蔵、それもこれも磐音が江戸におったればこそできた算段じゃ」

「いかにもわれら、昼行灯様の嫡男には足を向けて寝られませぬ」

「中居様、それにしてはそれがしを酒屋の小僧のようにあれこれと使われますな。こたびの騒ぎをもって、それがしお役御免に願います」

「なにを申すか。殿の参勤上番には養子の俊次様を伴うて江戸入りなされる。考えてもみよ。その折り、そなたの力を借りんでなんとする。われらばかりではどうにもならぬわ」

「父上、早々に辞去いたしましょうぞ。関前藩邸に長居すればするほど中居様から次々と御用を命じられます」

「そういたそうか」

磐音は正睦の腕を支えて立ち上がらせた。


九つ（深夜零時）を過ぎた刻限か、隅田川を霧子の漕ぐ猪牙舟がゆっくりと遡上していた。

こくりこくりと居眠りをしていた正睦が、金龍山《きんりゅうざん》浅草寺の鐘撞き堂から打ち出される時鐘に目を覚まし、

「近頃、眠っておるのか起きておるのか判然とせぬ」

と呟いた。

「それにしてはこたびの処断、鮮やかにございました」

「お代の方様の一件では殿にお叱りを受けようか」

「いえ、実高様も大いに安堵なされましょう」

「そうか、そうであるとよいがのう」

「この騒ぎのために明和三丸の荷積みが遅れているのではございませんか」

「いかにもさよう。事と次第によっては物産事業どころではなかったからのう」

親子の会話を弥助が聞いていて、

「田沼一派の反撃が後手後手に回っておりませぬか」

と磐音に言った。

「まあ、田沼一派の嫌がらせが、差し当たって豊後関前藩に向かうことはありますまい。それにしても江戸家老が不在ではお困りでしょう」

「実高様が出府してこられるまでになんとかしたいのじゃが、打ってつけの人物が見当たらぬ。中居半蔵は留守居役兼用人に就いたばかり、それに家老職はまだ荷が重かろう」

「よい考えがございます」

と弥助が言い出したのは、騒ぎが一応決着を見たからであろう。

正睦は夜の大川に富士山を捜した。江戸の闇に富士山が望めるわけもない。だが、一瞬、正睦の脳裏に真白き富士が浮かんで消えた。

「弥助どの、この正睦にそなたの思案を聞かせてくれぬか」

猪牙舟は水戸家の抱え屋敷を過ぎて、尚武館の船着場がある堀口へと差しかかっていた。

どこからかはらはらと桜の花びらが小舟に散りかかった。

「国家老の正睦様がしばらく江戸家老を兼任なさることです。騒ぎが落ち着くにはもうしばらく時を要します。また照埜様も、空也様と睦月様のお世話をまださりたいのではございませんか」

「ほうほう、それはのう。されどあまり長居しては、磐音とおこんに迷惑ではないか」

「父上、お好きなだけ小梅村にご逗留くだされ。藩邸も、昼行灯様が近くにおられるならば、安心して藩の再建に臨めましょう」

うんうん、と正睦が頷いたとき、霧子の漕ぐ猪牙舟が船着場に横付けされた。

「長い出仕でございましたな」

磐音は正睦に手を貸して船着場に上がり、弥助が舫い綱を結ぶのを見守った。

そして、親子と師弟の四人が河岸道へと上がり、尚武館坂崎道場に向かうと門は当然閉ざされていた。霧子が、

「お待ちを」

と通用口に歩み寄ると、訝しげに首を傾げた。

「どうしたな」

「鼾《いびき》が」

弥助と霧子が言い合い、戸を押すと、
すいっ
と開いた。

敷地内に入ると白山《はくさん》の犬小屋付近から鼾が聞こえてきた。

蒼《あお》い月明かりがわずかに白山の小屋を照らし付けていた。するとそこに白山が迷惑そうな顔でこちらを見ていた。汚れきった尻切《しりき》り半纏の大男が鼾の主で、白山の体を抱えるように眠り込んでいた。

「なんと武左衛門様でございます」

と霧子が茫然と呟いた。

「ほうほう、西国遍路に出向いたあの御仁が早戻られたか」

「若先生、武左衛門様はよろしゅうございますが、これでは白山が可哀想《かわいそう》ですよ。わっしと霧子が長屋に担ぎ込みますで、母屋にお戻りくだされ」

弥助の言葉に頷いた磐音は、正睦を案内して竹林から母屋への庭に出ようとした。

正睦の口から、

「豆を煮るに豆萁《まめがら》を燃やせば
豆は釜の中に在りて泣く……」

という詩吟《しぎん》が低く聞こえてきた。

庭に二人が出たとき、一陣の風が吹いた。庭に立つ老桜の枝から花びらが雲間を割った月明かりに舞い散るのが見えた。

正睦と磐音の父子はしばし足を止めて、その散り舞う夢幻の光景を眺めていた。

あとがき

平成二十四年も残りわずか、私にとって激動の四年の最後の年であった。

このように勿体《もったい》ぶった書き方をして、「なんのことか」と首を捻《ひね》られる読者諸氏も多いことだろう。

熱海に仕事場を設けて十年余り、偶然にも岩波別荘を譲り受けて完全修復、保存のプロジェクトを本業の合間に為《な》した。

この惜櫟荘《せきれきそう》の修復は去年の六月に完成し、工務店から受け渡された。だが、海辺の土地が岩波時代から手つかずに残り、惜櫟荘と海辺の土地を急な崖が二分して、どうも居心地が悪い。そこで第二期工事と称して、海に接した短冊形の土地の庭造りと三つ目の門の新築をした。なぜ、かように門が多いかという理由はいくつもあるが、一番大きな理由は鉤《かぎ》の手《て》に曲がった、段差のある土地ということになろうか。

ともあれ第二期工事が今年の八月に終わり、これで私の無鉄砲な「道楽」は幕を閉じた。

七十年前、建築界の天才と出版界の風雲児が四つに組んだ惜櫟荘と、今回の海辺の土地の庭造りが一体化するにはそれなりの歳月を要そう。もし何十年か過ぎても二つの土地が一つに調和融合していなければ、私の企ては失敗であったということだ。歳月が厳しい答えを出すことになる。ともあれこちらは惜櫟荘が後世に伝わっているかどうか、あの世から見守るしかない。

かように出版界と建築界にそれなりの意味を持つ惜櫟荘修復を私自身は楽しんだが、その資金を三月《みつき》置きに準備し、支払いする家人はさぞ苦労したことだろう。なにしろ原資は文庫書き下ろしの印税しかないのだから。

そんなわけで六十代後半から七十代にかけての四年、馬車馬のように働いた。激動の四年が終わり、少し落ち着いて本業に専念しようと思う。そこで気分転換に一家でインドへ旅してきた。家族旅行であり、全員が家内工業の働き手ゆえ、惜櫟荘修復完成の慰安旅行でもある。ついでに取材旅行も兼ねていた。

この旅のことはいつの日か、書くこともあろう。

時々恣意的にあとがきを書いている。自分では節目の折に書かせてもらっているつもりだ。

「居眠り磐音　江戸双紙」も巻を重ねて四十一巻を数える。

思えば作者は磐音らとともに遠くまで「旅」してきたものだ。それもこれも支持して頂ける読者諸賢がいればこそ、小説家冥利に尽きる。

改めて長年の読者の方々にお礼を申し上げる。完結を待たずに幽明界《ゆうめいさかい》を異《こと》にされた読者の方もある。そのご遺族から手紙を頂戴し、新刊を棺に入れましたと連絡をもらうこともある。どうやら「居眠り磐音」はあの世でも読まれているらしい。


さあて十月巻の『春霞《はるがすみ》ノ乱《らん》』で物語は、一見本筋を逸脱して豊後関前の内紛を描くことになった。これは早い機会に空也と睦月を豊後関前の爺様、婆様に会わせたかった作者の願望もある。だが、長大な物語になった最初のきっかけを私自身がもう一度検証し、かつ人間とは往々にして、

「同じ間違いを犯す愚かな生き物である」

ということを書き止めたかったからにほかならない。

ゆえに十月巻の『春霞ノ乱』につづく、十二月本巻及び来春正月巻と師走を跨

いで、わずか二十日余りで連続刊行する『散華《さんげ》ノ刻《とき》』と『木槿《むくげ》ノ賦《ふ》』は長大な物語の流れとは別に三巻で一つのテーマを追求する話になっている。

格別終わりの五十巻を意識し、懐かしの人物に登場願った(?)わけではない。『春霞ノ乱』が尻切れトンボに終わったとの印象を持たれたのではないかと反省し、かような駄文を草しているに過ぎない。

さあて「居眠り磐音」完結に漕ぎ着けるか、こちらの体力が衰えるか、なにやらサバイバルゲームの様相を呈してきた。

激動の四年の道楽も終わったこと、新年は心を新たに本業に専念することを誓い、除夜の鐘の鳴るのを待ち受けている。

皆様にとって来たるべき年が平穏な一年でありますように衷心より祈念しております。

熱海にて

佐伯泰英

巻末付録

江戸よもやま話

抜け荷——密貿易指南

文春文庫・磐音編集班 編

関前藩がふたたび揺れています。関前の産品を江戸で売る物産事業は、長崎に蔵屋敷を構え、異国の品々を仕入れるまでに急成長を遂げました。ために邪《よこしま》な企みをする者もいて、阿片《アヘン》の抜け荷密売に端を発した不穏な事件が続き、藩の存続すら危ぶまれる事態に。旧藩の危機を磐音は救えるのでしょうか。

ところで、なぜ「抜け荷」と呼ばれた密貿易は取り締まられたのか。ご存知のとおり、「鎖国」していたからなのですが、完全に国を閉ざしたのではなく、「四つの口」——長崎、松前《まつまえ》、対馬《つしま》、薩摩《さつま》に通商と通交を制限し、出入国を厳重に管理していました。しかし、広大な海岸線をすべて管理することなどできるわけもなく、いたるところで舶来の珍品が高値で売買され、抜け荷が行われていたのです。

今回は、下は庶民から、上は大藩の組織的犯行まで、抜け荷の手口に迫ります。

まずは、オランダ、清《しん》との唯一の貿易港であった長崎で、数人の仲間が集まって実行された庶民の抜け荷をご紹介しましょう。

長崎の稲佐《いなさ》船津《ふなつ》に住む吉右衛門は、沖合に停泊する唐船の七官という男と抜け荷を企てました。享保《きょうほう》十五年（一七三〇）のある夜、自分の子分である八助に票（取引日時、方法などをまとめた書き付け）と銀子三十三匁を渡し、「なんでもよいから唐品を受け取ってこい」と命じます。抜け荷の前科二犯で、鼻削ぎの刑を受けた恐ろしい面相で凄まれた八助は唐船を目指して、なんとひとりで夜の海に泳ぎ出しました。しかし空が白んでも八助は戻らず、これは失敗したなと吉右衛門はさっさと家に戻りましたが、前科者に科されていた門留《もんどめ》（夜間の外出禁止）を破ったとして御用となります。今回の企ても露顕し、死罪となりました。八助はというと、溺れてしまったのか、死体となって岸辺に打ち揚げられました。杜撰《ずさん》な計画に巻き込まれた挙句の無駄死にでした。

なるほど、抜け荷成功には念入りな事前準備が必要、海を泳ぐなど下策だ、と思ったかどうか、安永《あんえい》八年（一七七九）、唐人との闇取引を目論んだ遠見《とおみ》番《ばん》の孫之進という男は、唐小通事《とうこつうじ》末席の彭城《さかき》儀右衛門らと共謀して、自邸の床下から近所の唐人屋敷まで穴を掘り、持ち込んだ煎海鼠《いりこ》を麝香《じゃこう》（実は偽物）と交換しました。女房に諫められ、一度

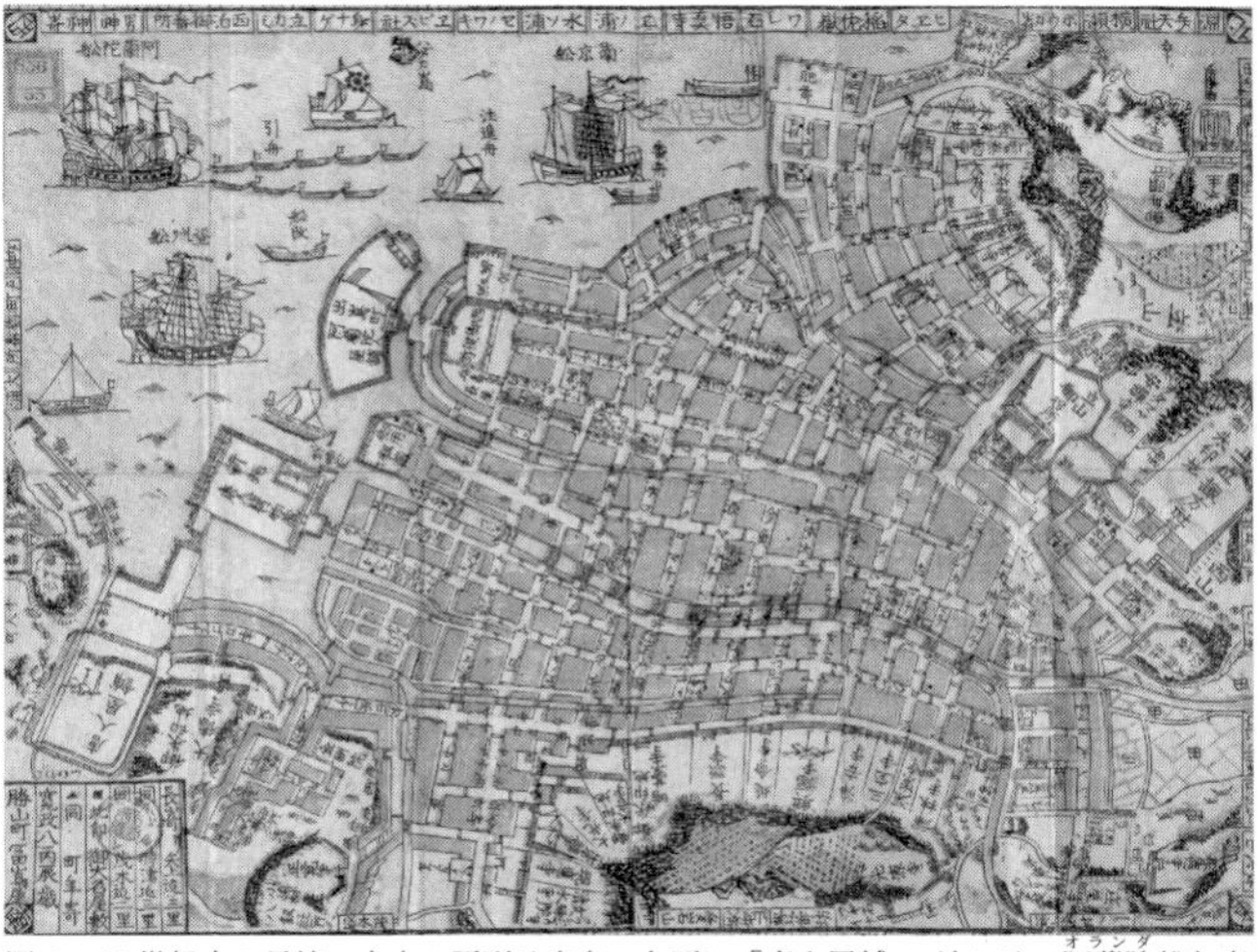

図1　18世紀末の長崎。中央の扇形は出島、左下に「唐人屋舗」。沖には、阿蘭陀《オランダ》船と南京船・福州船などの唐船が見える。『長崎図』（冨嶌屋、1796年刊／国立国会図書館蔵）。

は穴を塞いだ孫之進でしたが、秘密のトンネルに魅了されたか、偽物をつかまされたのが悔しかったか、再び煎海鼠・干鮑《ほしあわび》・獺皮《うそのかわ》などを持ち込み、首尾よく白砂糖・くり盆・茶碗・唐袴などと代物替《しろものがえ》（物々交換）に成功します。しかし、仲間の六平次らが転売したことで足がついたのでしょう、お縄となり、市中引き廻しの上、獄門に処されました。六平次は壱岐《いき》国へ流罪、通事の儀右衛門らは行方知れずに終わったようです。

古今東西、穴を掘る盗人は珍しくありませんが、彼らは、職務柄、唐人屋敷の内情に精通していました。遠見番の役目は、外国船の往来監視と抜け荷の取り締まり。唐通事は通訳でありながら、「信牌《しんぱい》」(貿易許可証)の発行、罪を犯した唐人の監督など、唐人と貿易全般を取り仕切りました。監督する立場での不正はバレるわけがないと思いきや、現物を転売する安全なルートがなかったのです。ほかにも、塀越しに高麗人参と代金を投げて交換したり、出島のオランダ商館や唐人屋敷に出入りができる遊女に抜け荷の仲介をさせたりと、あれこれ工夫して抜け荷できたとしても、売り捌《さば》くのが簡単ではなかったようです。

さて、抜け荷に手を染めるのは下っ端ばかりではありません。こともあろうか、オランダ商館長自ら密貿易を行おうとした事件がありました。

寛政《かんせい》十年(一七九八)、オランダ商館長ヘースベルト・ヘンミーは江戸の将軍に参礼した帰りの宿場で謎の死を遂げます。彼の荷物からは、名村恵助というオランダ通詞の手紙が見つかり、そこには近く来航するオランダ船と沖合で秘密の取引をする計画が記されていました。幕府の探索によって、密貿易の絵を描いたのが、ヘンミーと親交が深い薩摩藩の前藩主島津《しまづ》重豪《しげひで》だったことが浮かび上がってきます。名村は重豪が抱える元通詞の男を介して、ヘンミーと薩摩藩とを繋いだようで、捕縛されて長崎で磔刑となりました。ただし、薩摩藩にはお咎めはなし。重豪の娘が将軍家斉の正妻だったからかもしれません。

ヘンミーが密貿易をしてまで欲しかったのは、日本の銅(銅銭)でした。当時、ヘンミーが属するオランダ東インド会社は膨大な赤字を抱えていました。本国オランダはフランス共和国軍に侵攻され、遠くバタビアまで援助する余裕はなく、貿易船を出すことすらままならない同社は困窮するばかり。ヘンミーは、インドやヨーロッパで高く売れる日本の銅を確保するよう会社から厳命されたのですが、幕府は日本の金・銀・銅が海外へ流出することを強く制限しようとしており、ノルマには遠く及ばない。

追い詰められたヘンミーは、大坂の薩摩問屋に目を付けます。そこには薩摩の産物（実態は琉球国産物と唐物）取引のための多額の銅銭があり、これを密売によって得ようとしたのです。例えるならば、本社からの過酷なノルマ達成のため裏金作りに奔走した支店長と、彼に加担した取引先の営業マンは責任を問われる一方、共謀して裏で糸を引いた政治家はお咎めなし、といったところでしょうか。時代は違えど、悪だくみはそうは変わりません。

図２　オランダ船。写実的に描かれ、帆や石火矢の数も記す。「阿蘭陀入船図」（国立国会図書館蔵）。

実は、薩摩藩は、この件に限らず、江戸時代を通じて組織的に密貿易を行い、処罰もされなかった〝抜け荷大国〟でした。しかも、その活動は広範囲に及んでいました。

文政《ぶんせい》十一年（一八二八）、越中《えっちゅう》富山の新湊《しんみなと》放生津《ほうじょうづ》新町《しんまち》

（富山県射水市《いみず》）の北前船「神速丸」が島根沖で難破しました。船内を調べると、船底には、長崎からの正規ルート以外では入手できないはずの薬種（和漢薬生成の材料）が大量に隠されていました。富山の売薬商から依頼されて、松前で昆布《こんぶ》や鰊《にしん》、数の子などを仕入れて薩摩まで運び、帰りに積んでいた薬種を各地で売りさばくつもりだったと発覚します。

また、天保《てんぽう》五年（一八三四）、新潟湊周辺では、俵物《たわらもの》（煎海鼠・干鮑・鱶鰭《ふかひれ》）が大量に出回り、北前船に偽装した薩摩船に密かに売られていること、また当地には珍品であるはずの唐物が大量に出回っていることが判明します。

薩摩が怪しい……。鉱産資源にかわって重要な輸出品となった海産物が長崎に届かなくなり、また大坂などの市場には薩摩からの唐物が出回り、官営貿易を圧迫している。幕府が、北方探検で有名な間宮林蔵《まみやりんぞう》や隠密に探らせたところ、このような薩摩藩の露骨な抜け荷が明らかとなったのです。

しかし、薩摩から遠く離れた北陸までどうやって船を出せたのか。謎を解く鍵は富山藩にありました。江戸時代、蝦夷地で収穫された昆布や海産物は、松前から北前船に載せて日本海を廻り、大坂や京都まで運ばれていました。昆布が採れない富山県で、おにぎりに海苔ではなくとろろ昆布を巻くのは、その中継地として栄えた名残です。薩摩藩は昆布に目を付けます。当時、清では甲状腺障害が流行しており、予防のために昆布が珍重されていました。ただ、清の近海は海水温が高くて昆布は育たない。蝦夷地産の昆布は琉球を介して清に高く売れる、そう画策したのです。

共犯とするべく、富山藩のメリットも用意されました。「越中富山の薬売り」は、各地を行商して、各家に薬を置き、使用した分を集金する「先用後利」のユニークな商いとして知られていましたが、薩摩藩は、藩内で薬を売る「薩摩組」の営業を許可する代わりに、松前産昆布の献上を求めたのです（年に一万斤〈約六トン〉の昆布）。薬売りにとっては、長崎から流通する高額の薬種よりも、良質で安い薬種も手に入れられて願ったり叶ったり。こうして、それぞれの思惑が一致した結果、松前、富山、薩摩、琉球、そして清へ密貿易の路（「昆布ロード」）が繋がり、昆布や海産物、薬種が半ば公然と流通することになりました。膨大な利益を得た薩摩藩は雄藩として、やがて幕末政局をリードしていくことになるのです。

【参考文献】

森永種夫『犯科帳　長崎奉行の記録』（岩波新書、一九六二年）
山脇悌二郎『抜け荷　鎖国時代の密貿易』（日経新書、一九六五年）
『江戸諸国萬案内』（小学館、二〇〇九年）
「和船が運んだ文化」（『水の文化』五四号、二〇一六年）

文春文庫

散《さん》華《げ》ノ刻《とき》
居眠《いねむ》り磐音《いわね》（四十一）決定版《けっていばん》

定価はカバーに
表示してあります

2020年11月10日　第1刷

著　者　佐《さ》伯《えき》泰《やす》英《ひで》
発行者　花田朋子
発行所　株式会社 文藝春秋

東京都千代田区紀尾井町 3-23　〒102-8008
TEL　03・3265・1211㈹
文藝春秋ホームページ　http://www.bunshun.co.jp

落丁、乱丁本は、お手数ですが小社製作部宛お送り下さい。送料小社負担でお取替致します。

印刷製本・凸版印刷

Printed in Japan
ISBN978-4-16-791596-4